嘉內
傑羅斯
路賽莉絲

杏
伊莉絲
瑟雷絲緹娜
茨維特
阿爾菲雅

好色村
亞特

「……妳願意跟我訂婚吧？」
「啊唔！我…………願意。」

賢者大叔的異世界生活日記

15

Kotobuki Yasukiyo

寿安清

Kadokawa Fantastic Novels

Contents

序章　大叔再度燒光迷宮

第二層，新區域。

穿過由石造建築構成的遺跡區域後，眼前是僅有大量蕈類繁殖，被無數孢子籠罩的世界。

傑羅斯等人用布遮住口鼻，走在長得宛如大樹般的蕈菇上，望著眼下拓展開來的這片景象。

被大量看來有毒的孢子包覆住的這個區域，模樣實在詭異。

「……傑羅斯先生。」

「好色村小弟，有什麼事嗎？」

「這裡……都是蕈類耶。」

「是啊。」

其他的蕈類有如雜草一樣生長在巨大蕈菇上，帶有黏性的黏菌在腳邊響起了噁心的聲音。簡直就像是走在膠帶或是黏鼠板上。

而且濕氣太重了很不舒服，感覺莫名的悶熱。

「哥哥，這是『龍血菇』耶。」

「真的假的！那是作為高級食材非常有名，可是由於數量稀少，非常昂貴的一種菇吧。據說是用來製作萬能藥的材料。」

「這裡長了很多耶。而且這邊長的是『化學蘑菇』……」

「是製作高品質的回復藥水會用到的玩意兒吧？連那種東西都有喔。這裡對鍊金術師來說根本是寶庫嘛。」

可以輕易地採到只有在圖鑑上才看得到的高級食材或稀有物種這件事，令茨維特和瑟雷絲緹娜難掩驚訝。

完全是只有蕈類存在的世界。

而且就連棲息在此處的魔物也是蕈類。

從上面看來是沒什麼危險，可是他們也不想下到有噁心菌絲生物蠢動的地方。

「那是瑪坦戈？好像有類似那玩意兒的魔物在我們正下方晃來晃去吶。」

「那個好像是叫『帕拉薩利斯庫』吧……」

「那東西會寄生在魔物或動物身上，藉由奪走宿主的腦和神經來移動。最後宿主會變成苗床。雖然富含各種藥效，可以拿來當作鍊金術的素材，但在這裡採集的風險恐怕很高吧。」

「也有『蘑菇人』耶～可是這裡的空氣品質很糟，全是濃厚的孢子……在木乃伊的皮膚粉末之後是孢子啊，該說這裡是受汙染的地帶嗎？」

「能不能用燒的除掉這些孢子啊？」

傑羅斯和好色村一邊望著周遭怪異的景象，一邊做出危險的發言。

要是呼吸時將孢子吸進肺裡，有可能會因此被寄生，變成蕈類魔物。

這個區域裡顯然需要配戴護目鏡和防塵面罩等裝備，但就算是傑羅斯，也沒這麼剛好有準備這些東西在身上。

「唔哇，不好了！大叔……」

「發生什麼事了？」

「我、我的兩腿之間長出了菇菇……」

大叔看了一眼好色村後，默默拿出香菸點燃。

然後隨著無奈的嘆息呼出了一口白煙。

「好色村……你就別說這種低級黃色笑話了。要說菇，你自己生來就長了一根在那裡吧。對我說這種笑話有什麼好玩的？」

「不是啦！我不是在說我兩腿之間的紳士啦！我那裡是真的長了菇！你看！」

「啊…………真的耶。」

好色村身上穿的衣服（鼠蹊部）上有一片白色菌絲，那裡長出了以表面帶有白色斑點的紅色菌傘為特徵的菇，而且還雄壯威武的長了三大朵。

那些菇乍看之下很像毒蠅鵝膏菌，不過其實是可以拿來當作一般食用菇的品種。

大叔更是厭惡地皺起了眉頭。

「……我實在是不想吃從你兩腿之間長出的菇啊～」

「我又不是在說那種事！我要說的是剛剛明明什麼都沒有的，等我一回過神來就長出來了！」

「照你這說法……」

這話的意思是菇會在短時間內伸出菌絲，急速成長。

既然附著在衣服上的孢子會在纖維的縫隙間長出菌絲，迅速長成菇，表示同樣的事情很有可能會發生在傑羅斯他們身上。

這樣下去他們遲早會變得跟在巨大蕈菇底下蠢蠢欲動的蕈類魔物一樣。

當傑羅斯導出這個答案後，立刻將魔力聚集到右手上，同時從潛意識領域中讀取並展開一個龐大的魔法術式。

「大叔！」

「老、老師？」

「師、師傅！你在做什麼啊？」

「所有人都使出全力，跑到我們進來的通道上！術式固定，『煉獄炎焦滅陣』！」

三人雖然驚訝於突然出現的龐大魔力，還是二話不說的聽從傑羅斯的指示，急忙掉頭朝著他們侵入這個區域的通道跑去。

傑羅斯用盡全力，一鼓作氣地丟出將龐大的魔力以及非比尋常的術式資料壓縮在內的小方塊後，也追在茨維特他們後頭拔腿狂奔。

煉獄炎焦滅陣的術式在幾乎是這個領域的中心處發動了。

——轟隆隆隆隆隆隆隆隆隆隆隆隆隆隆隆隆隆隆隆隆！

發動的廣範圍殲滅魔法轉眼間就吞沒了繁殖在領域內的大小蕈類，連同滯留的孢子在內，將一切都燒得一乾二淨。

大叔又再度在這個迷宮裡創造出了地獄。

第一話　大叔在迷宮內遇上機器人

「一条渚」和「田邊勝彥」在湖中央的神殿打倒了護衛魔像，走下位於神殿深處的階梯，繼續探索第四層。

約五公尺高的柱子整齊地排列在石製的通道上，途中不時會看到取水處或荒廢的庭院，甚至還有疑似浴場的建築物殘骸。

兩人在心情上簡直就像是來參觀各種遺跡的觀光客，然而魔物宛如要否定這感覺般的襲向他們，兩人只好一邊擊退魔物一邊前進。

「哥布林很多耶……這裡或許沒什麼好期待的。」

「雖然這些哥布林手上有武器，可是也賣不到什麼錢吧。」

「沒人要這種劣質的劍吧～這跟廢鐵沒兩樣啊。」

出現在上層的哥布林也會拿石斧、棍棒，或是掉在路邊的石頭當武器，不過基本上都是赤手空拳，採用集體襲擊目標的原始戰鬥方式。

以這點來看，出沒在這層的哥布林光是會使用鐵製的武器，就已經很先進了吧。

可是這些武器的品質都很差，全是些只能讓鐵匠當成廢鐵便宜收購，再拿去重新打造的玩意兒。對傭兵來說一點甜頭都沒有。

「反而是魔像的核心和魔石可以賣到好價錢吧？如果來的是獸人，肉還有人願意收購，不過支解感覺要費上不少工夫。」

「你會分辨可食用跟不可食用的獸人嗎？普通的獸人肉腥味很重，是不能吃的喔？」

「咦？」

獸人有分為可供食用與不可食用的品種。

會拿來食用的是被稱作「肉獸人」的品種，外觀看起來是全身覆有硬毛，半人半獸型的山豬。

肉獸人的智商很低，特徵是有會不斷成群移動，類似野生動物的習性。由於經常會破壞田地，所以被視為一種有害的魔物。

相較之下，不能食用的獸人外觀看來就是頂著豬頭的人類，特徵是有肥胖的身軀和綠色的皮膚。個性凶暴，屬於雜食性生物，會使用武器及建造聚落，智商很高。

獸人很有體力，勇猛善戰。不僅有就算骨折也能在短時間復原的恢復力，還有只要經過教導就能理解並學會人類語言的高度智能。

獸人甚至會狩獵肉獸人為食。

「你明明就加入了傭兵公會，卻連這都不知道嗎？」

「咦？獸人還有分品種喔？」

「……真虧你能接到傭兵的工作耶。你學得也太少了吧。」

勝彥的知識幾乎全都源自於遊戲。而且他的腦中完全沒有那些被傭兵們視為是常識的知識。

不會區分獸人和肉獸人，就表示他得從頭開始學習傭兵的基礎知識才行。不然照這樣下去，他不久後就有苦頭吃了吧。

「傭兵可以去傭兵公會上課吧？我是有去上過，但你該不會沒去吧？」

「不、不是嘛……畢竟不去上課我也能完成工作啊，而且接到的幾乎都是討伐有害魔物的委託，所以……」

「你啊……資訊的重要度勝過一切，這是常識吧。要是接到討伐獸人的委託，就算你打倒了肉獸人也不算數喔？因為知識不足而喪命的話怎麼辦啊！」

「唔……可是也不過就是獸人啊？」

「問題是你不會分辨好嗎！傭兵工會的委託單幾乎都是用文字寫成的，得靠文字敘述來解讀出魔物的特徵才行喔？你要怎樣去找到你不知道的魔物啊。就算你用種族名去叫那些魔物，魔物也不可能會回答你的！」

勝彥真的很寵自己。

傭兵中有不少人是小混混，可是在學習魔物和藥草相關的知識上卻很勤勉向學。他們必須了解魔物的種類和特徵、基本的習性及能力、可作為素材的部位、棲息的區域及飲食行為等各式各樣的資訊。

由於這工作經常要前往危險的地點，蒐集情報的能力以及事前準備比什麼都來得重要。輕忽怠惰此事的人多半會因此喪命，就算保住一條小命，也會因為受了傷，而無法再度繼續從事傭兵的工作。

「你真的再過不久就會死了吧？」

「不不不，我們原本可是勇者耶！我們這麼強，沒那麼容易死掉吧？」

「你把學習的習慣忘在哪裡了啊，真是的……」

「受召喚前來的時候就被我丟在原本的世界了吧？」

勝彥這個死性不改的態度，讓渚至今為止都壓抑在心底的某種情緒快要爆發開來了，不過從渚還是忍了下來試圖開導他這點來看，可見渚的個性有多認真。

儘管如此，她的語氣還是難免受到情緒影響而變得很差。

「你太缺乏危機意識了。不管是多差勁的傭兵，都會因為這是得賭上性命的工作，拚命地去學習和蒐集情報。反觀你，連那些人都不如嘛！」

「不是嘛，我這種獨自行動的傭兵要蒐集情報實在太麻煩了，我提不起勁去做啊～之前有一条在還好說，現在啊～……啊，對了！妳再跟我組成搭檔好不好？」

——啪嘰！

在渚的心中，有某個本來不該斷掉的東西斷開了。

「也就是說，你是個沒有我在，就什麼都不會做的小鬼頭嗎？」

「說我是小鬼頭也太過分了吧。我們明明就同年……」

「這種事情我當然知道！你到底是怎樣啊！到底要多仰賴別人你才甘心？你以為你那種輕率的行動會給誰添麻煩？我！是我啊！」

過去忍下來的情緒，終於突破了極限。

「咦……咦～～……」

勝彥被渚怒火中燒的樣子給震懾住了。

「你總是一而再、再而三的擅自行動，不過就是一下子沒盯著你，你就會惹出麻煩來找我……你以為我到底至今幫你擦了多少次屁股啊……」

「不不不，我們是搭檔嘛。在夥伴有困難的時候協助他，才是所謂的好拍檔吧？」

「是你單方面的要人當你的保母而已吧。至少自己闖的禍自己想辦法解決好嗎？如果這種關係算是搭檔，那我現在就立刻宣布解散！」

「別說這種話嘛，我們至今為止不是都處得很好嗎？就像是老夫老妻那樣的關係吧。在老公有難的時候，老婆就該扶持他啊……」

「噁心！我死都不會跟你結為夫妻的啦！」

若是把她和勝彥的關係用夫妻來比喻，那勝彥就是不把薪水拿回家，到處去花天酒地還厚臉皮的裝沒事，把自己闖的禍推給另一半去處理的垃圾老公。是最好立刻跟他離婚的那種人。

不知羞恥地說出夫婦這種比喻，這厚顏無恥到了極點的行為，就連個性溫柔的渚都忍不住火大。

由於她本來就對勝彥沒有好感，被說成是夫婦讓她的情緒激昂到幾乎無法自制的程度。

也就是所謂的怒髮衝冠。

「我敢說，和你結婚的對象不用一個月就會和你離婚。畢竟跟你說什麼都沒用……」

「我倒不這麼覺得喔～？我自認是會對另一半犧牲奉獻的類型，別看我這樣，我可是很專情的喔☆

（眨眼）」

「我覺得你是那種有老婆了還跑去搞外遇，貢獻了一大堆錢之後慘遭外遇對象拋棄，才發現自己受騙上當。老婆也因為外遇和你的精神暴力為由要求離婚及贍養費，導致你的人生毀滅的類型。因為你就是個膚淺的人。」

「這種時候老婆就該以老公為尊，支持老公吧？因為一、兩次的外遇就要求離婚，我才不要跟這種心胸狹隘的女人結婚咧。」

「……………所以你在原本的世界才會一點都不受歡迎啊。因為你就是個典型的渣男。」

「咕啊！」

渚冰冷的話語對勝彥的心造成了莫大的傷害。

用帶著侮蔑的眼神輕視他，還順便用他不想被人提起的過去事實給了他沉痛的一擊，這對男人來說實在太狠了。

「說什麼拍檔、夫婦這些表面上好聽的話，結果你只是在利用我吧？明明是個連自己的惹出的麻煩都沒辦法自行解決的廢物。差勁透了，最好是犧牲奉獻的類型啦。」

「沒、沒沒沒……沒這回事啦～？」

「如果你不這麼認為，就表示你承認自己是個完全沒想過會給別人添麻煩，自我中心的混帳喔？而且還是個從事收入不穩定的傭兵工作卻只想輕鬆了事，並且毫無計畫性的花掉了超過收入金額的笨蛋。我已經對你傻眼到氣不起來了。」

「別再說了，我已經遍體鱗傷了！」

渚毫不留情的話語刺的勝彥眼眶泛淚。

他應該多少有點自覺吧。可是他至今為止甚至沒有試圖改善自己那不顧自身安危的生活習慣。簡直是在證明他就是個不靠人幫忙就做不到任何事的人。

「唉……不管同樣的話我說了多少次，你也馬上就會忘了吧？我這也是白費工夫呢……我是認為差不多可以對你見死不救了啦，你覺得呢？」

「怎麼這樣！妳要拋棄我嗎？我們是攜手合作，努力走到現在的交情耶！」

「合作？你搞錯了吧。我才不是跟你合作，是被迫幫忙好嗎！我怎麼可能跟你培養出什麼交情啊。你只會讓我更不信任你，成為我的壓力來源啦！」

「拜託妳，不要拋棄我！要是一条妳拋棄了我，我……我會活不下去的！」

「放開我！你真的是個煩人的渣男耶。這是我最後一次幫你了，下次再惹出什麼麻煩，你自己想辦法解決。我已經忍到極限了。」

「怎麼這樣～～～！」

勝彥有如外遇被抓包，拚命地巴著老婆求饒的廢物老公。

然而渚的意志堅定，毫不留情的一腳踢開了悽慘的抱著她的腿，哭著哀求她的勝彥。

離婚——應該說渚已經受夠他了。

——Gaaaaaaaaaaaan！

「什、什麼？」

「拜託妳說這只是騙我的～那些不好的地方我會改掉的～～～！」

「吵死了！比起那種事情，你對剛剛那聲音都沒有任何想法嗎！你要演廢物老公演到什麼時候啊！噁心死了！」

「我這不是在演耶！」

隔著牆壁傳來巨響。

同時可以聽見遠處有某人在拚命大喊的聲音。

「過來這邊了！」

「別和那玩意兒交手，以防禦為優先，快逃啊！那魔物是從未見過的類型啊！」

「咿咿咿咿咿咿咿！」

從通道前方傳來應該是傭兵的人們慌張的說話聲。

看來是發生了緊急狀況，不過從他們目前所在的位置無從得知發生了什麼事。

要確認的話就必須靠近現場，可是——

「總、總覺得……有種不好的預感。」

「雖然我很不想跟你抱持同樣的意見，不過我也有這種感覺。」

由於傭兵們的聲音逐漸接近，這樣下去他們應該會直接碰上傭兵們吧。而且傭兵們很有可能把魔物也一起帶過來了。

現在渚他們兩人所在的位置是幾乎呈直線的通道，左右兩側在一定間隔下有好幾扇木門。前方的視野良好，空間也很寬闊，就算發生了什麼事情，他們也能夠立刻確認狀況。
渚和勝彥默默地對彼此點點頭之後，拔出劍擺好架式，一邊戒備著前方，一邊觀察情況。
「用弓瞄準那傢伙的頭！」
「哪裡是頭啊！是說根本沒空用弓啊！」
就在他們終於看見傭兵身影的時候，渚和勝彥看著那玩意兒說不出話來。
正在追趕三位傭兵的東西很明顯的不是魔物。
那東西的外觀看來像是美國製的方陣近迫武器系統ＭＫ15（方陣快砲）的圓柱狀本體上長了四隻腳，不過原本應該是機關砲的位置長出了兩隻手臂（附小型槍）。
「你們兩個，快逃啊！這傢伙……」
在傭兵話說完之前，有某個東西擊中兩位勇者腳邊，打碎了石板地。
茫然的看著地板的勝彥發現有某個意想不到的東西被埋在碎裂的石板底下，驚愕不已。
那和渚他們所知的東西極為相似……不對，是一樣的東西。
「……這是螺帽嗎？」
「那麼說來，那個……真的是機器人？不會吧？」
螺帽——是經常搭配螺絲一同使用，常見的固定用零件，是在奇幻世界中顯得十分突兀，不管怎麼看都是基於科學原理製造出來的人工製品。
要說是魔像也不太適合的那玩意兒，如同近未來動作片的設定般具有自動操控功能，且會優先襲擊人類。

「是作業用機器人在攻擊人類嗎？為什麼奇幻世界裡會有那種玩意兒啊！」

「誰知道啊！比起那種事情，總之現在先逃跑吧。」

兩人連忙沿著來時的通道往回跑。

傭兵們也拚命地追在他們身後，像是作業用機器人的玩意兒也逐步逼近。

「你、你們幾個！為什麼會引來那種東西啊！」

「我們只是受到迷宮變化牽連後迷路，碰巧遇到了那玩意兒而已啊！」

——Gagagagagagagaga！

「「「「咿咿咿咿咿咿咿咿咿咿咿咿咿咿！」」」」

像機關槍一樣瘋狂射出螺帽的神祕機器。

位於圓柱狀本體的下方和作業手臂之間，感覺像是攝影鏡頭的球體發出了詭異的紅色光芒後，藍色光線竄過刻劃在本體上的幾個幾何學圖案的線條，接著圓柱狀本體的上方向左右分開，露出了收納在本體內部的兵器。

「不、不妙……從那個口徑大小看來，那說不定是……」

在勝彥話說完之前，機器人就發出了咻啪咻啪的聲音，將某個東西射到了他們前方。

然後隨著轟然巨響，他們的眼前被染成了一片紅。

「是、是榴彈！」

「這、這玩意兒不是作業用機械嗎！」

「救命啊啊啊啊啊啊啊！」

「媽～～～～～～！」

「我不想死！我還不想死啊啊啊啊啊啊啊！」

暴露在爆炸火焰及螺帽的彈雨之下，五人拚命地全速狂奔。

然而機械也沒有好應付到光是這樣就會被他們甩開，機械喀鏘一聲，從四隻腳上伸出了車輪，高速追趕著勝彥等人。

看來這是個無謂地加裝了很多機關的機器人。

「不會吧！大家左右分開，躲在柱子背面！」

「可惡！」

渚急忙做出了判斷。

五人在千鈞一髮之際避開追上來的機器人，勉強躲到了柱子的背面。可是他們逃跑的路線也完全被堵住了。

機器人急速回轉掉頭，將槍口瞄準他們之後停了下來。

『到底要怎樣才能甩掉那玩意兒啊……』

從中遠距離不停發射子彈和榴彈，要是逃遠一點又會高速移動追上來。

勇者和傭兵們陷入了束手無策的危機之中。

好色村似乎是一心顧著逃離大叔突然施放的廣範圍殲滅魔法，忘了除掉他胯下的菇。現在氣呼呼地蹬著地板的他看起來蠢到不行。

「都是這個菇……都是這個菇不好！」

——喀咚。

就在他打算摘下從過分的地方長出的菇時，某個巨大的聲音響徹了整條通道。

同時響起了地鳴聲。

這和迷宮在變化過程中發出的聲音不同，感覺是有某個裝置開始運作，其中還包含了類似齒輪開始轉動的聲音。

最早察覺到這個異常狀況的人是茨維特。

「這、這是什麼聲音？該不會是迷宮又要產生變化了……」

「不對。這個恐怕是陷阱……好色村小弟，你該不會……」

「咦？我？」

「這只是我的猜測，不過我想應該是剛剛好色村先生氣得蹬地的時候，踩到了地板上的機關……」

「我沒有踩到開關的感覺啊！」

如同瑟雷絲緹娜所言，好色村踩到了陷阱的開關。

不過這個開關並非會因為體重而下陷的機關，而是會感應重量，進而啟動魔法術式的類型。這也是

為什麼好色村會沒有感覺到自己踩到了開關。

更重要的問題是，他們不知道發動的是哪種類型的陷阱。

「也沒有箭或槍飛過來，既然這樣應該是墜落陷阱吧？」

「為什麼你還那麼冷靜啊，不敢快離開這裡的話……」

「別慌張，好色村。像這種用魔法發動的開關，應該會一口氣啟動所有設置在通道上的陷阱吧。遺跡型迷宮的陷阱都偽裝的很巧妙，很難找出確切的位置……哎呀？」

在傑羅斯話說完之前，一股失重感便突然襲向他們。

有約十公尺規模的地板居然瞬間消失，大叔等人就這樣悽慘的墜往下層。

原來那是偽裝成地面的魔法屏障。

「來這招啊……地面本身就是陷阱，這迷宮還狡猾。」

「不是，師傅！你為什麼還這麼沉得住氣啊！」

「呀啊啊啊啊啊啊啊啊啊！」

「雖然現在不太適合說這種話，不過我……覺得小緹娜好可愛喔。」

「這不用你說我們也看得出來。因為好色村小弟你胯下雄壯的菇菇變得超大的。」

「就說這菇不是那樣了！」

明明正在往下墜落，大叔卻莫名的冷靜。他花了零點幾秒來確認並掌握了周遭的狀況。

這個墜落陷阱從途中就變成了漏斗狀，中了陷阱的人會從位於傾斜的牆面底端的細小洞穴一口氣掉到下層。

可是從墜落陷阱的開口到漏斗狀的底部有將近十公尺高的落差，感覺他們在墜落的途中就會先撞上傾斜的牆面，大叔認為茨維特他們應該承受不住這衝擊。為了減輕墜落時的衝擊，大叔使用了「暴風」的魔法減緩了四人的墜落速度後，一行人墜入了漏斗狀的部分。

『好了，這陷阱到底會讓我們掉到哪裡去呢。』

傑羅斯為確保自己隨時都能開戰，先備好了魔法，防範著地時可能碰上的狀況。

在滑落的途中，大叔還是非常在意「好色村小弟要放著那些長出來的菇不管到什麼時候啊？」這個無聊的問題。

◇◇◇◇◇◇◇

另一方面，兩位勇者和傭兵們依舊處在緊急狀況下。

從加裝在機器人小型手臂上的機械連續射出的螺帽，逐漸削去渚他們拿來當成擋箭牌的柱子。

就算想要繞回本來的通道上，機器人也會用高速移動從後面追上來，難保他們不會被螺帽射殺。

畢竟機器人是像用機關槍掃射般地不斷射出螺帽。就算要等到對手彈藥用盡，要是這段期間內勝彥或傭兵們倒下，情勢就會變得對我方不利，所以他們不能胡亂行動。

真要說起來，一旦他們背對機器人，機器人絕對會發射榴彈過來，若不是在決定性的好機會下行動反而危險。

「……我是知道急躁反而誤事，不過……」

「不知道那玩意兒什麼時候才會用盡彈藥啊。柱子也不曉得還能撐多久……」

勇者兩人自制地繃緊了神經，持續觀察情勢。

可是說起另外三位傭兵——

「咿咿咿咿咿咿！」

「撐不下去了……完蛋了……」

「仔細回想起來，我的人生還真是隨便啊……對不起，老爸……」

——對於躲在柱子後面，不知何時會死的現況絕望了。

他們雖然有和魔像交戰過，可是會拿射擊武器掃射的機械是他們從未經歷過的對手。更何況他們沒有關於槍砲彈藥的知識。

人在面對未知敵人的情況下，都會用自己現有的知識來做推斷，所以有時也會做出錯誤的判斷。

比方說他們很有可能會把燒夷彈視為火屬性魔法的「火炎爆破」，射出螺帽的機能則誤認為是「岩彈」。

如果是對付普通的魔物，應該不會出現這種失誤吧。

然而對手是具有自動操控功能的機器人，也不是用魔法，而是用武器攻擊他們的。

而且機器人會依據狀況來節省彈藥，採取更有效率的攻擊手段，有著低智商的魔物根本無法比擬的聰明程度。不如說一般的傭兵不可能想像得到，這種外表看來跟魔像沒兩樣的敵人擁有勝過人類的思考能力。

「看來不能仰賴這些傭兵啊……」

「該怎麼辦？這樣下去情況只會愈來愈糟……」

機器人停止連續射擊，切換為鎖定他們從柱子後頭出來的瞬間進行狙擊的作戰方式。

渚他們一邊暗中觀察機器人的動態，一邊煩惱著要如何度過這個難關。

雖然可以藉此判斷機器人的彈藥所剩無幾，但也不能光靠這個推論就衝出去賭一把。

「而且射擊威力很強。被打中的位置不好有可能會當場死亡。」

「就算只是螺帽，也不能小看呢……我果然不該陪田邊過來的。」

「妳事到如今還說這種話？」

他們也不能一直躲在柱子後面。

若是機器人射了一發榴彈過來，為了避免遭榴彈直接擊中，他們就只能從柱子後頭跑出去了。也難保機器人會不會在什麼時候突然意識到這件事。

由於時間有限，所以他們一定得採取某些行動，可是兩位勇者沒有任何有效的手段。

就在他們這麼想的時候，機器人上半部的砲管開始移動，瞄準了這裡。

「不妙！那玩意兒打算發射榴彈了！」

「可是現在從柱子後面跑出去，會被狙擊……」

跑出去就會被打成蜂窩，繼續躲在柱子後面就會被榴彈燒死。

他們依然處在束手無策的危機當中。

「「「唔哇啊啊啊啊啊啊啊啊啊！」」」

「怎、怎麼了？」

「咦？那是……」

機器人正上方的天花板突然開了個洞，有人從那裡迅速墜落下來。

渚等人無從得知他們是中了陷阱的受害者，完全愣住了。

「嘎呼！」

「咕啊！」

「呀！」

「喔，大家都沒做好著地的準備……呃，機、機器人？」

一個少年的背撞上了機器人的砲管，另一個少年又掉到了它的身上。

少女則是在空中被眼熟的中年魔導士給抱著，兩人一起完美的著地。

「「傑、傑羅斯先生？」」

「哎呀，你們也到這裡來了啊。該不會是受迷宮變化牽連了吧？」

掉下來的四個人之一——魔導士（傑羅斯）是渚他們認識的人。

「不，比起那個，現在的狀況很糟糕啊！」

「你們趕快逃離那裡！」

「啥？」

沒錯，渚他們現在正受到機器人攻擊，情況危急。

由於傑羅斯等人突然現身，機器人也正在遵循設定好的程序來確認現況。

有四個新出現的敵人。兩個生命體直接撞到了上方的榴彈砲，故已確認有兩個敵人就在旁邊。將排除位於上方，妨礙作戰行動的兩個生命體為最優先事項。

各種感測器的顯示燈閃爍後，機器人四隻腳上的驅動輪又再度運轉起來。

「「唔喔喔喔喔喔喔哇啊啊啊啊啊！」」

突然的旋轉讓茨維特和好色村拚命抱緊了砲管，或許是覺得很難甩掉他們吧，機器人又加快了旋轉的速度。

「好像很開心耶～」

「老師，現在不是說那種話的時候！這樣下去哥哥和好色村先生會……」

「會被甩出去呢。不過在那之前我得先讓妳躲到安全的地方去避難，才有辦法戰鬥啊。現在根本空不出手來。」

在大叔還在說這種話的時候，茨維特和好色村已經被甩出去，飛到了牆邊。

大叔急忙施放的魔法屏障讓他們並未因此受傷，但撞上牆壁還是多少受到了一些衝擊。

趁著機器人的旋轉速度開始慢下來的空檔，大叔讓瑟雷絲緹娜躲到一旁。

「請妳先躲在柱子後面。我去對付那傢伙。」

「沒問題嗎？」

「哎呀，總會有辦法的吧。而且還有好色村在啊。」

而大叔口中的好色村被甩出去的時候狠狠撞到了腰，痛得要命。

只能說有轉換姿勢降低衝擊的茨維特很了不起。

看來在緊急情況下能否即時做出反應這點跟等級無關。

「好了，好色村，別在那邊哀哀叫，做好你護衛的工作吧。要正式上場嘍。」

「我是真的很痛耶！」

「茨維特你也去躲到柱子後面。要是你遭受波及而受傷，我們的項上人頭就不保了。」

「喔、喔……」

茨維特和瑟雷絲緹娜急忙躲到柱子後面。

傑羅斯側眼確認他們躲好了，同時拔出短劍。

好色村也一邊撫著腰，一邊拔劍擺好架式。

勇者和傭兵們雖然躲在一旁看著他們……

「有傑羅斯先生他們這強力的援軍，感覺有辦法活著回去了。不過……」

「如果是這樣就好了……（傑羅斯先生先不論，另外一個人……總覺得跟田邊有點像耶。那種沒用的感覺……）」

儘管傑羅斯碰巧出現讓勇者們安心不少，依然無法完全抹去他們心中的不安。

這點對傭兵們來說也一樣——

「雖然我方的戰力增加了，還是沒辦法放心啊。」

「我也有同感。那個樣子……」

「那傢伙……為什麼……」

「「「為什麼兩腿之間長了菇啊？應該說拜託他拿掉好嗎！」」」

好色村胯下長著菇，拿劍擺出架式的蠢樣，讓傭兵們完全無法信任他。

在這種緊急情況下玩這種下流哏，傭兵們會有這種反應也是理所當然的。

不過他本人當然不是故意要玩下流哏，只是因為情勢不斷改變，忘了拿掉而已。

『那個機器人……是舊時代的魔導兵器嗎？真在意那玩意兒上搭載了怎樣的動力裝置呢。要是能帶回去就好了……』

面對過去的遺產，大叔無法抑制自己的好奇心。

凝視著神祕的機器人，他自然而然地用力握緊了手中的劍。

在與之對峙著的機器人身上的攝影鏡頭燈反覆閃爍時，傑羅斯奔向機器人，率先出手。

第二話　大叔為了追求浪漫無視公會規定

傑羅斯瞬間拉近了距離。

但是機器人的反應出乎意料地快，它立刻以上方的榴彈砲進行牽制射擊，榴彈從大叔頭旁邊掠過，在他身後落地爆炸。

傑羅斯衝進機器人懷中，對著圓柱狀的身體揮下一劍。

——鏗！

尖銳的金屬碰撞聲迴盪在周遭。

『好硬……雖然從撞擊聲可以聽得出這機器人的裝甲很薄，可是意外地堅固。難道是在內部同時使用了強化魔法和魔法屏障？這種時候還是照慣例，從關節下手好了……』

支撐著整個機體重量的四隻腳。

在傑羅斯企圖用劍砍斷機器人腳部關節的瞬間，裝設在前方小型手臂上的槍管已經對準了他。

儘管機器人在它察覺到危險而退開的同時射出了螺帽，不過傑羅斯已經運用「縮地」，迅速繞到了機器人身後。

——Gagagagagagagaga！

機器人一邊挪動四隻腳一邊射擊，卻因為傑羅斯的動作太快而無法及時瞄準，便突然改變了攻擊目標，將固定在左右兩隻手臂上的槍管指向好色村。

「不是吧？」

高速射出的螺帽驚險地掠過使出全力四處逃竄的好色村身後。

傑羅斯沒有出手拯救好色村，繼續從機器人的身後鎖定關節處攻擊。

然而這些攻擊也輕易地被彈開了。

『連關節都超乎想像的堅固啊……這下該如何是好呢。』

短劍的攻擊力有限，現在已經知道短劍別說要破壞這機器人的裝甲了，就連機器人的關節都無法斬斷。這表示他手上現在拿的武器還不夠鋒利。

既然這樣，他得換把武器才行，但是這機器人射出子彈的速度比它本身的動作還快，機器人想必會趁他更換武器的空檔攻擊他。

所以在大叔挑選武器的時候，得有個人負責吸引敵人的注意力……

「……好色村，你幫我爭取一點時間。我要換武器。」

「喂喂喂！它現在已經盯上我了耶？你不幫我喔？」

「反正你只要在它身旁繞著它轉圈圈，就可以牽制它的行動，也不會被射中，所以你幫我撐一下吧。」

「咿咿咿咿咿咿！」

能夠接下這屎缺的人，當然只有好色村了。

不容分說地把爭取時間的工作推給好色村之後，傑羅斯趁機躲到柱子後面，開始確認道具欄裡面的裝備。

『該以劈砍攻擊為主，拿刀來用，還是該用超重量級武器，用力量硬拚呢？真傷腦筋～』

魔法攻擊因為發動時會有些許時間差，沒辦法防範機器人的射擊。

想用重量級武器強行破壞裝甲的話，他手上是有那把之前做來開玩笑的大劍。

可是傑羅斯覺得破壞那個機器人實在太可惜了，他無論如何都想把這機器人帶回去拆解研究。

只要能砍斷它的腳，之後應該就好處理了，問題就在於能否在盡量減少損傷的情況下，封住機器人的行動。

『前方的兩隻手臂上各有一把螺帽機槍（？），上方的砲管……那應該是某種發射器吧？彈數應該不多。既然這樣，還是以破壞腳部為前提的話，要怎麼停止它的功能呢。以那個裝甲來看，若是用重武器，難保不會同時傷到動力裝置。拆掉裝甲？嗯……不，只要是機械，就會設有維修用的開關或拉桿才對。要是沒有，就集中瞄準裝甲的接合處……』

大叔決定先暫時保留分次切開裝甲的方法，繼續觀察。

他認為既然是需要經人手保養的機械，為了方便維修，一定會具有能夠打開本體或是卸去裝甲的功能。大叔又一次確認正追著好色村跑的機器人後，發現在比本體和腳部連接處略高一點的位置上，有一條繞了本體一圈的縫隙。

傑羅斯因此做出了「果然只要透過某種方法，就能將機器人的本體往上下方向打開」的推論，再度觀察機器人的本體，這次則是在背後發現了某個不自然，像是加裝了面板的位置。

『假設是背後的面板蓋住了維修用的開關裝置，那個裝置若不是單純的拉桿式，而是必須輸入密碼的類型，問題就大了。如果是這樣，我就非得破壞這東西不可，可是我又想在保持完好的情況下帶回去拆解。唉，這也只能看運氣了。』

一旦決定好要做些什麼，大叔的動作就很快。

他從道具欄的武器一覽中選出適合的武器，本來應該是這樣的……

『刀……有五十四把。如果品質不到利刃，就砍不開那層裝甲，所以範圍可以縮小到二十四把。雖然每把我都想在實戰中使用看看，但該用哪一把呢……』

……然而他開始煩惱起該拿哪一把刀了。

要追究原因，是因為這些刀全是他一手打造，每一把都毫無疑問被他加上了很～離譜的性能……可是問題就在於他忘了那都是些什麼性能。

也就是說他必須一一確認賦予在刀上的效果特性。

『傷腦筋……如果特殊效果太強，有可能會因為攻擊時的餘波弄壞機器人……最鋒利的是哪一把啊？「流星」？「日陽」？「雲劾」？驅逐艦名系列的「曉」、「響」、「雷」、「電」、「叢雲」也難以割捨，不過用「迅雷」也不錯。』

「Ｈｅｌｐ！Ｈｅｌｐ　Ｍｅｅｅｅｅｅｅｅｅｅｅｅｅｅ！」

每確認一把就更是煩惱的大叔，以及使盡全力繞著機器人跑的好色村。不禁讓人擔心他會不會像某個童話故事那樣變成一坨奶油。

機器人活用腳上的車輪旋轉，將槍口瞄準了好色村。

發射出來的螺帽之所以沒能命中，是因為好色村逃跑的速度略勝一籌，他若是跌倒，一定馬上就會被射成蜂窩吧。

好色村還不想死，所以也是拚命地在跑。

「哥哥，好色村先生沒問題嗎？還有那尊魔像該不會……」

「多半是魔導文明的產物吧。唉，好色村也只是繞著那尊魔像兜圈子跑，只要沒出包，就不會被擊中吧。」

「因為那個旋轉功能，他就連續到機器人背後攻擊都辦不到呢。如果沒有另一個攻擊手，感覺很難應付。」

『……那個武器……難道是魔導槍？那種東西竟然是邪神戰爭前的魔像身上的標準配備嗎？』

茨維特誤會了。

機器人身上配備的武器並非魔導槍。

而是把利用氣壓連續射出螺帽的工程機械強行改造成了射擊武器。

單從可以射出子彈這觀點來看，它確實跟魔導槍相同，但兩者在威力上有著巨大的差距。

可是茨維特沒看過魔導文明時期的魔導槍，不知道原版的威力有多大，只能憑藉自身的知識來評斷。

如果把空氣槍也算進來，確實不能說他判斷錯誤，遺憾的是他的知識還不足以去辨別這之間的差異。

「大、大叔，你快點啦～～～！」

「嗯～你再撐一下……」

「可惡啊啊啊啊啊啊啊啊啊啊啊啊啊啊！」

傑羅斯事不關己的回答令好色村淚流滿面。

然而這機器人的性能非同小可。

不只收集情報的能力，還包括能在確認地形的同時，採行理想作戰方式的分析能力，以及對應時時刻刻都在變化的現場狀況的學習能力……

——喀喀！

機器人突然把腳爪刺向地面。

由於旋轉速度造成的慣性導致它無法立刻停下，機器人的腳尖伴隨摩擦地面的聲音迸出火花，在石板上刮出了凹痕。

沒過多久，緊急煞車發揮了作用，機器人強行讓自己停了下來。

『呃，緊急煞車？竟然來這招……糟糕……』

機器人之前不斷在原地旋轉，可是好色村奔跑的速度比它旋轉的速度更快。

那麼要是機器人突然停止旋轉會怎麼樣？

一直繞著機器人跑的好色村當然無法立刻停下動作，自己衝進了機器人的瞄準範圍內，成了最理想的靶子。

這一瞬間，在好色村的眼中，一切彷彿都成了慢動作。

『這傢伙竟然計算好狀況……不妙，我會中彈！該怎麼辦？該怎麼辦！我到底該怎麼辦啦啊啊啊啊啊啊！』

機器人的螺帽機槍（？）槍口對準好色村，射出大量螺帽。

在唯有精神加速的世界裡，朝自己射來的子彈緩緩逼近，好色村明白，這樣下去自己的未來唯有慘遭射殺一途。

然而擊發出來的螺帽尚未擊中他，還有一點點緩衝時間。

那這時候該怎麼做呢？

『南無阿彌陀佛！』

好色村一個躍起，在空中以上身後仰的後空翻動作躲開了第一發螺帽，接著扭轉身體，用腰部的盔甲將第二發螺帽反彈回去，再用護手彈開第三發螺帽，第四發螺帽則是故意張開雙腿讓身體失去平衡，勉強閃過，在快落地前以手撐地使出後空翻並在空中轉身，讓第五發螺帽從背後險險掠過，第六發和第七發螺帽命中了他兩腿之間的菇。這一連串動作無論從物理法則還是人體骨骼的角度來看，都是不可能實現的閃躲方式。

下一秒，好色村的鑑定技能不知為何逕自發動。

＝＝＝＝＝＝＝＝＝＝＝＝＝＝＝＝＝＝＝＝＝＝＝＝＝＝＝＝＝＝＝＝＝＝＝＝

【好色村胯下菇菇的菌傘】×數量計算中……請稍待片刻。

在好色村的胯下張開菌絲，順利成長的的菇菇殘骸。

原則上可以食用。

【好色村胯下菇菇的孢子】×數量計算中……

在好色村的胯下成長的菇菇孢子。因為遭到螺帽擊中而四散。

由於生命力旺盛，轉眼間就會開始繁殖了吧。

【好色村胯下菇菇的菌絲】×數量計算中…………

在好色村的胯下成長的菇菇菌絲。由於被擊中而無法判斷是來自哪裡的菌絲。

由於還存活著，或許會再繁殖？

＝＝＝＝＝＝＝＝＝＝＝＝＝＝＝＝＝＝＝＝＝＝＝＝＝＝＝＝＝＝＝＝＝＝＝＝

『為什麼這種時候鑑定會擅自發動，這些菇又是為什麼冠上了我的名字啊！』

儘管視野被鑑定顯示的內容給占據，好色村仍勉強躲進機器人的死角，並在眼前的鑑定訊息消失的同時繞到了機器人身後。

「那傢伙竟然把胯下的菇……」

「他身為男人的人生已經告終了。」

「是說他為什麼露鳥啊……是有這種特殊癖好嗎？」

「被打散的可不是我的小弟喔！」

看到這一幕的傭兵們產生了天大的誤會。

好色村忍不住吐槽他們，然而他不該這麼做的。

機器人對好色村的聲音做出反應，知道他繞到了自己背後，便使用腳上的驅動輪，讓輪子高速旋轉，強行倒車。

「喔哇！」

突然被這麼一撞，好色村整個人飛了出去。

好色村滾倒在石板地上的途中，看到機器人緩緩地重新將正面朝向這裡。慢慢將兩挺螺帽機槍的槍口對準他。

『糟糕……這下真的會死……』

束手無策。

正當他這麼想的瞬間，一道光芒瞬間閃過機器人的四隻腳。

由於腳被砍斷，機器人的本體因自身的重量而墜地。

而在滾落於石板地上的機器人身體後方，可以看到傑羅斯正靜靜地收刀入鞘。

「……得、得救了。」

「我看看，打開這個面板……喔喔，太好了，不是密碼式的呢。那只要拉起這根拉桿……」

「你也擔心我一下吧～～～！」

大叔無視好色村的哀嚎，淡淡地動手讓機器人停止運作。

一刀砍斷的腳部也已經收進道具欄裡了。

「這中央的小圓筒就是動力裝置嗎？這條電線連接到腳部……」

「不是，你晚點再拆解也行吧！」

「好色村，你說這什麼話啊。不關掉動力來源，這玩意兒說不定會自爆啊。」

「只有你和你的夥伴會裝那種鬼裝置上去吧！」

「你這話真沒禮貌，無法從自爆裝置上感覺到浪漫的人根本不是男人。啊，你的胯下已經爆炸了嘛……節哀順變。」

「我就說那些菇不是我的小弟了！」

大叔一邊檢查內部的機械，一邊隨意剪斷幾條配線。

機器人最終隨著「咻嗡嗡嗡嗡嗡……」的聲音停止了運作。

傑羅斯確認它的機能完全停止後，露出了極為爽朗的笑容，把機器人的本體也收入道具欄內。

「這還真不得了，是所謂的魔導力裝置嗎？雖然我也有製造過能運用自然魔力的系統，但我還是第一次看到這種只有巴掌大，卻能產生出大量電力的裝置呢。不過控制中樞裡果然還是有黑盒子……我到現在還是不知道要怎麼拆解這玩意兒啊。」

「高興的只有你吧……」

差點沒命的好色村非常不高興。

「師傅，這是舊時代的魔像吧？你收起來是想做什麼？」

「我想試試看它的動力裝置能不能拿來當成發電機，如果可以的話，還真想多弄幾個來。」

「這種機器人要是再多來幾個，真的會死人吧。真要說起來，為什麼迷宮裡面會有這種兵器啊。」

「天曉得～？迷宮就是充滿了謎團，我也搞不懂啊。要我提出假設的話是要多少就有多少啦～可是很難證明，所以去思考這些也沒有意義。」

迷宮一旦成長便會扭曲空間，在狹小的空間內建構出廣大的世界。

沒人知道迷宮是基於什麼原理運作的，由於現在沒有足夠的情報能解開這個自然現象之謎，無論做再多假設或推論都無法得到證實，大家也只能接受現況。

也因為如此，先向認識的兩位勇者問清楚狀況比較重要。

「好了，你們也沒事吧？」

「傑羅斯先生，謝謝你救了我們。」

「你真的是危急時的救星啊……我還以為這次真的完蛋了。」

「大叔，你認識他們？」

「他們是被某個宗教國家從異世界拐來的受害者。話說回來，你們是在哪裡發現那台機器人的？」

「關、關於這點……」

「我們是被拖下水的啦。機器人是那幫傭兵引來的……」

「喔喔～」

傑羅斯看了看正在觀察他們的幾位傭兵。

或許是對上眼的時候覺得尷尬吧，只見三位傭兵都別開了臉。

「各位，能不能稍～微向你們請教一下呢？你們是在哪裡發現那台機……魔像的呢？還有沒有其他一樣的玩意兒？即使款式不同也沒關係！來，統統給我招出來！」

「喔？喔喔喔？」

大叔用驚人的氣勢逼近傭兵，以不容分說的魄力開始盤問他們。

三個粗俗的大男人儘管被他的氣勢給震懾住，還是開始回答起問題。

「我們應該只有看到那一個吧？」

「我們在從迷宮裡打道回府的路上聽見地鳴聲，發現原本進來的路被堵死了。我們四處徘徊找路的時候，偶然踏進一個奇怪的區域……」

「我們遭受攻擊後到處竄逃，等我們回過神來的時候，已經來到這裡了……」

「奇怪的區域？」

「是個感覺像森林……可是濕氣很重又莫名悶熱的地方，裡頭到處都是昆蟲型魔物。我們盡量避免戰鬥，小心移動，碰巧發現了一棟格外巨大的建築物，進去探索之後，那傢伙就突然殺了過來。接下來我們就是拚了命逃跑，其他事都不記得了。」

「嗯……」

照這些傭兵的說法，前面應該是類似叢林的領域，出現的魔物以昆蟲系為多。

他們能逃回上層算是運氣好，不過傑羅斯想要的不是這些情報。

他想問的是有沒有其他機器人，或是他們有沒有看到機器人的殘骸，遺憾的是這些傭兵們欠缺相關知識，而且當下只顧著逃命，根本沒有餘力關心那些事。

「除此之外還有沒有什麼發現？」

「好像還有幾棟建築物……」

「不過那些建築物的建築樣式都跟索利斯提亞魔法王國的不一樣。」

「那個……很像伊薩・蘭特城裡的建築物呢。雖然那裡長滿了樹木，建築物徹底被森林給埋沒了，但我很肯定。」

「從這個區域有辦法通往那邊嗎？」

「嗯……從這裡往前走，有另一條路可以右轉，再繼續走會碰到一座洞窟。接下來只要順著路直直向前，就會看到一道通往樓下的階梯。走下階梯後應該馬上就到了。」

「謝謝你的情報。回程路上小心啊。上面有巨石文明遺跡風格的區域跟唯有大量蕈類繁殖的區域。」

「真的假的……我從沒聽過迷宮會出現這麼大規模的變化耶。」

傭兵們好不容易死裡逃生，聽到傑羅斯這麼說又頭痛了起來。

過去腳踏實地調查得來的迷宮情報完全派不上用場，只能謹慎行動，以重返地面為目標。

不知道有什麼樣的魔物棲息在變化後的區域，光是回去都得冒著極大的風險。

不過他們至少還有機會可以回去，已經算是不錯的了。

踏入迷宮更深處的傭兵們或許得面對更嚴酷的狀況。

目前還不清楚傭兵公會是否已經得知了迷宮構造改變的消息，但是在這混亂的情況下，派人救援反而很有可能會連搜救隊也一併遇難，無法輕易出動救援吧。

「啊～田邊小弟和一条小姐，能不能麻煩你們護衛這些傭兵回地面上？因為現在似乎碰上了相當嚴重的緊急狀況啊。」

「緊急狀況……嗎？」

「喂喂喂，傑羅斯先生，不是這樣吧。我們是為了大賺一筆才來這裡的耶？還沒什麼了不起的收穫，你就想叫我們打道回府？」

「想繼續前進的話，我也不會阻止你們喔？只是啊，要是受到迷宮結構變化的牽連，你們說不定就再也看不到太陽了喔，即使如此你們還是想冒險前進嗎？就算你們再強，一旦糧食見底，也有可能餓死喔？」

「唔……」

勝彥之所以會來這座迷宮，就是想憑著自己等級高來強行推進，輕鬆地大賺一筆。可是前提條件和狀況已經起了很大的變化。

迷宮現在仍在持續變化中，打算當天往返阿哈恩迷宮的他們並未做好充分的準備，傑羅斯的指摘確實戳中了他們的痛處。

究竟要了為了錢冒險向前？還是要為了保命撤退？他們必須做出選擇。

「……田邊，我們回去吧。」

「一条？不是，可是這樣我生活會有困難……」

「你不要去妓院和賭場不就行了。你就暫時過一段禁慾生活，乖乖地去工作吧。」

「田邊小弟……原來你已經墮落成如此不像話的人了嗎……」

「傑羅斯先生！男人花錢在女人身上是理所當然的事吧！沒錢的話，靠賭博一舉致富也是一種浪漫吧！」

「老實說我無法對你的話產生共鳴呢。而且你說花錢在女人身上，也只是進貢給妓女吧？你不僅花光財產去貢獻店家的營業額，最後還想靠賭博翻身，簡直是傻子才會做的事。要是你還因為這樣染上了什麼病，那就真的沒救了。」

「你竟然說了跟一条一模一樣的話！你要這樣講的話，就介紹女朋友給我啊，那邊不就有一個年齡合適的女孩子嗎……」

「你是想死嗎？居然叫我介紹公爵家的千金給你，真虧你說得出這種話。即使你在某個國家是勇者，在這個國家也就是個普通人喔？你要是無視現實隨便對她出手，我想上層的人會拿出他能動用的所有權力來消滅你吧。難道你想說你已經做好覺悟了嗎？」

勝彥愚蠢的程度跟好色村不相上下。

而且雖然只是隨口說說，但是他覬覦的對象是公爵家的千金。

要是被某位老先生知道這件事，肯定會毫不留情地除掉他。

「真的假的？不會吧，再說以我這等級，對方沒這麼容易殺掉我的……」

「要除掉高等級人士的方法多得是。最慘也就是來委託我吧，到時候希望你能體諒一下我這也是工作，乖乖死心吧。」

「你會為了工作就殺害認識的人嗎！」

「我覺得只是要收拾掉一個垃圾，沒什麼好顧慮的耶～我偶爾會聽一条小姐提起你，你啊，也太小看人生了吧？會沉迷於賭博和風月場所的人，怎麼看都不是什麼好東西啊。」

「我會想靠賭博一舉致富也是無可奈何的事吧，因為光靠我賺的錢點不到妓院的頭牌妓女啊。一条又不肯借我錢……」

「這是當然的吧。我為什麼要借錢給一個壓根不打算還錢的人啊？根本就是在浪費錢啊。」

「……妓院真的好到需要這樣一直去嗎？更重要的是你太依賴別人了吧。」

在一旁聽著的茨維特和瑟雷絲緹娜以及與此事無關的三個傭兵，眾人冷漠的眼神都集中在勝彥身上。那是有如看著骯髒東西一般的冰冷視線。

在這樣的情況下，只有一個人能夠理解勝彥。那就是好色村。

「我懂……我也是想要打造奴隸後宮，結果被告發了。想跟女性發生關係，是大自然的法則啊……」

「對、對啊……你能理解嗎！」

「可是我們所想的事情終究只是幻想。現實中除了犯下重罪的罪犯，奴隸基本上還是擁有人權。而妓女說穿了也只是為了讓店家賺錢，才會利用各種手法來誘導客人掏錢。我們這種人就是她們眼中的肥羊啊。」

「這我也知道，可是她們光是願意聽我說話，就能療癒我的心了。因為這樣可以讓我稍微忘記討厭的現實……」

「可是啊，你不能因此沉淪吧。心靈得到了療癒，就得加倍努力才行啊。等你賺了大把大把的鈔票進來，再拿回去回報她們不就好了嗎？你應該要劃清界線。而且不惜跟人借錢也要去賭場或妓院，那真的是廢人才會做的事啊。」

『『廢人竟然在開導另一個廢人……』』

大叔和茨維特的心聲完美地同步了。

「我知道我的錢大多落入了店家的口袋裡，但我無論如何都不想離開她們啊。『黑貓樓』的凱希小姐，還有『熟女天體』的潔西姊姊……即使是我這種人，她們也願意接納我，聽我訴苦。」

「你說的都是名店嘛。即使如此，想靠賭博賺錢還是太亂來了吧，風險太高了，不現實。不過我非常痛切的能夠理解你的心情！畢竟我有自信自己有機會做出跟你一樣的事情。」

兩個沒用的男人凝視著對方，心意相通。

兩人喊著「「我心之友啊！」」並擁抱彼此，萌生出的同情心發展為友情，迅速加深了兩人的交情。

『『不，你們兩個才該痛切反省吧。自信別用在那種地方好嗎。』』

大叔和茨維特又同步在心裡吐槽。

其他人儘管傻眼地心想『哇啊～……這兩個傢伙沒救了。』但沒有說出心聲，也算是他們的體貼了吧？

「話就說到這裡吧。可以請一条小姐你們盡快離開這座迷宮，去向傭兵公會報告此事嗎？我們有點在意傭兵他們所說的建築物，所以會去確認一下。」

「沒問題嗎？我想這座迷宮目前還處在相當不穩定且危險的狀況下耶。」

「真有什麼緊急狀況，我會直接打穿樓層出去的。不過這是最終手段就是了。」

『他居然說要打穿樓層……絕對不能與這個人為敵，太可怕了。』

正常來說是沒辦法用魔法來破壞迷宮的。

面對這個宣稱可以打穿迷宮樓層的魔導士，渚感受到了深不見底的恐懼。

既然他說得這麼斬釘截鐵，就表示他確實做得到，而且從傑羅斯的語氣來推測，他也已經證實過了。不然他應該不會說得這麼果斷才對。

「那麼我們就出發回去地面上了。傑羅斯先生你們也要小心喔。」

「嗯，你們也是。雖然迷宮的構造變了很多，但畢竟是比較上面的樓層，你們應該回得去吧。」

「如果是這樣就好了。」

兩位勇者和傭兵們以返回地面為目標，一起離開了此處。

傑羅斯等人也為了確認從傭兵口中得到的消息而往前邁進。

「我說師傅啊……為什麼我們要往迷宮深處前進啊？我們本來是打算要回去地面上的吧？」

「因為發生了一件讓我有點在意的事情，我想去確認一下。」

「確認？是要確認什麼……」

傑羅斯覺得方才交手的機器人有點不對勁。

那是他在好色村負責引開機器人注意力時感覺到的，等事情結束之後，傑羅斯才明確地弄清楚了那股不對勁的感覺。

作為一台戰鬥用機器人來看，那是相當明顯的缺陷。

「好色村，你和那台機器人交手的時候，有沒有覺得哪裡不對勁？」

「哪裡不對勁？我那時候拚了命在跑，不記得太瑣碎的事情喔？是有什麼地方怪怪的嗎？」

「要說怪確實是有點怪，那台機器人……或者該用魔像來稱呼吧。如果那是戰鬥用的魔像，那它也未免太笨了。」

「「「啥？」」」

茨維特等人不懂傑羅斯到底想說什麼。

從戰鬥能力來看，機器人上方裝備了大型的魔導砲，手臂上則是可以擊出螺帽的機槍。就威力層面上，已經充分具備了戰鬥用的性能。

比起火力，更令人在意的是它的黑盒子。他沒在機器人身上發現用來處理情報或控制機體的裝置，從這點來看，黑盒子裡面安裝的說不定是人工智慧。

「當好色村在魔像身邊繞圈子跑的時候，魔像為了瞄準他，就只是一直在原地轉圈而已。你們不覺得它在採取反擊行動上花費了太多時間嗎？」

「經你這麼一說，確實有點奇怪……雖然不知道是處理情報的速度出了問題，還是它的戰鬥經驗少到無法預測敵人的動作……可是它應該隨時都能突擊過來才對，難道這玩意兒真的很笨？」

「老師的『鐵騎士』就有即時做出反應吧？難道老師打造的魔像比較優秀嗎？」

「那是因為有我在後方協助操控鐵騎士的動作，所以從性能上來看，這台機器人比較優秀喔。我想這台原本恐怕是工業機械，卻被強行改造成戰鬥機械，在處理情報的機能上面產生了誤差吧？所以說，你們覺得什麼地方會拿這種急就章的產物出來用？」

「「呃……」」

如果是關於機器人——魔像的問題，那茨維特和瑟雷絲緹娜實在是想不出答案。
不過看過動畫等各種科幻作品的好色村心裡倒是有個底。
「不是工廠之類的民間設施，就是物資供給上有困難的地區吧。畢竟這算是應急用的迎擊裝置吧？因為原本是工業機械，所以沒什麼關於戰鬥的資料，必須依據貧乏的情報花時間慢慢評估，才能對應持續變動的狀況……所以才會慢了好幾拍才開始反擊嗎！」
「我想它應該事先有設定好程式。這雖然是我個人的推測，不過我想它接收到就是迎擊擅自入侵設施，且進入一定範圍內的敵人這麼單純的命令吧。我是覺得它原本是應急用的改裝品啦。」
「有那種威力，卻是應急用的？」
「真難以置信。」
茨維特和瑟雷絲緹娜一時之間似乎無法理解。
不過照傑羅斯的說法聽起來，這魔像只是急就章的改裝品，不具備足以應戰的性能。
「在戰場上，一瞬間的破綻就有可能致命。如果沒有範圍夠大的感應器和可以即刻理解狀況並做出合理應對的判斷能力，就無法運用在實戰上。這種反應速度太慢的防衛兵器，你們說到底能派上什麼用場？」
「意思是先不論火力，普通的魔像在戰鬥時判斷狀況的能力比它好嗎……」
「可是那尊魔像是從別的區域追著那些傭兵過來的吧？這不就代表它具有懂得要追擊敵人這種程度的智慧嗎？」
瑟雷絲緹娜和茨維特把機器人和魔像混為一談了。

但他們原本就不知道機器人是什麼，所以這也是無可奈何的事。
「會不會是因為它的指令只有『敵人＝追上去打倒』這種單純的內容呢？接下來的部分不經過拆解調查，我也不好做評斷。」
「啊啊～一旦認定對方是敵人，就會一路追殺到天涯海角，直到殺死敵人為止，完全不知變通啊。原來如此，真的很笨。」
『『好、好色村（先生）竟然做出了這麼認真的回答……』』
好色村的形象似乎真的很慘。
然而其他人之所以會對好色村有這樣的印象，也是他平日的行為所造就的結果，沒有任何值得同情之處。
「不過啊……這種不良品真能用在防衛或警戒任務上嗎？判斷狀況的程式這麼爛，在應對戰局的變化上實在無法信任。這樣甚至會傷害到友軍吧。這尊魔像是因為這樣，才會幾乎沒有實戰資料的吧。」
「要拿來當戰鬥用魔像，也會因為即時判斷能力太差而難以運用，而且沒有戰鬥資料可應對瞬息萬變的戰況，在判斷局勢的時候反而會猶豫嗎？」
「那個……我突然想到，有沒有可能是有其他魔像負責對那一尊魔像下達指示呢？就像是在瘋狂魔像的戰鬥訓練中，負責下令的石魔像那樣……」
「喔喔，小緹娜真是聰明，還有這種可能性啊！」
「如果是這樣，這台機器人就是與指揮官機成對運用的兵器了喔？畢竟要同時運用不只一台機體，為了整合各機體傳來的情報，處理情報的裝置會變大，再加上用來冷卻內部機器的裝置在內，指揮官機應該很大台吧。而且既然是指揮官機，本體應該也配備了充足的武器……」

「「「…………」」」

傑羅斯會假設指揮官機為大型機體是有原因的。

因為以單純的思考邏輯來看，他們暫定為子機的機器人構造單純，處理情報的能力也不強，所以不擅長應對預料外的狀況，從兵器的角度來看只是半成品。

在執行作戰行動時，處理情報的能力尤其重要，若要運用像無人機那樣的自動操控兵器，就必須進行即時性的情報交流管理，也要具有能夠因應戰局變化，臨機應變地修改行動方針的彈性。

考量到指揮官機體所需要的配備，至少要有能精準判斷情報所需的大型電腦、冷卻用的發動機，還有保護自身所需的武裝，這麼一來自然會導出大型兵器這個結論。

不過這個結論的參考基準知識是科幻動畫，所以要說是否值得採信，那確實有點尷尬。

「因為衛星軌道上有好幾台戰略兵器，也有可能是跟那些兵器之間有連結……這樣就能讓子機去探索情報、制訂戰術，等完成作戰計畫之後再命令子機去執行。是一種讓它獲得愈多的情報，就會變得愈難纏的敵人，光想就覺得非～常的不妙呢～♪」

『『『為什麼這個人說的這麼開心啊……』』』

這時浮現在大叔腦海深處的，是他以前在電影裡面看過，頭部配備了鏈砲的直立式戰鬥車輛這個令人懷念的記憶。

那當然只是虛構的產物，然而已經沒有什麼能阻止他不斷膨脹的妄想，以及想追尋浪漫的心了。

沒錯，他甚至開始認真思考，在有魔力這種乾淨能源的存在的世界裡，『或許真的有機會能打造出來』這種事——

說穿了，傑羅斯就是個始終都以自己的嗜好為優先的人。

第三話　大叔與無人機多腳戰車對峙

傑羅斯一行人為了確認從傭兵那裡聽來的情報，一路往迷宮深處前進。

從希臘式建築的迴廊右轉，接著在迷宮內直直向前走約三十分鐘後，他們發現牆壁上開了一個洞。

在充滿歷史風情的遺跡牆壁上開出來的大洞，外觀看起來也很奇怪。

如果情報沒錯，再往前應該就是叢林區域了。

「根據傭兵們的情報，這前面就是亞熱帶區域了。雖然沒有沙漠那麼誇張，不過我們已經知道那是個悶熱得要命的地方。你們要記得隨時補充水分……啊，要注意別喝生水，喝了可能會拉肚子。」

「師傅，不過就是水而已，為什麼會拉肚子？」

「在熱帶地區，水源處可能會有各種細菌繁殖。如果沒有先將水煮沸，利用高溫殺菌，會被這些細菌給害慘的。而且也難保不會有尚未發現的病症，所以我希望各位要特別留意。也得提防那些厲害的『吸血伯爵』。」

「大叔，你想說的該不會是瘧疾吧？我記得蚊子是瘧疾的傳播媒介。」

「我是不認為好色村你會生病啦。你太有特色了。」

「你這話是什麼意思啊！」

儘管大叔腦中浮現了『某種人不會感冒』、『連病菌都會主動逃跑』諸如此類的失禮說詞，不過沒有把這些話說出口，也算是大叔的一點體貼。

更何況當事人大概是聽懂了箇中含意，他雙眼噙著淚水，憤恨地瞪著傑羅斯。

老實說一點都不可愛。「臭男人氣噗噗的臉根本萌不起來啊～」是大叔內心最直接的感想。

「提醒事項就先說到這裡。一想到前面有好多跟之前那台機器人同樣的玩意兒，我就不禁熱血沸騰吶。」

「老師你們都會說到『機器人』這個詞，是指魔像嗎？」

「應該是魔像的別稱吧。不過我總覺得師傅和好色村之間好像有某些心照不宣的認知，是我的錯覺嗎？」

「因為我跟傑羅斯先生算是同鄉，所以我想我們多少知道一些類似的事情吧。同志你不需要這麼大驚小怪啦。」

好色村在茨維特他們面前會隱瞞自己是轉生者的事。

『為什麼他平常顧慮不到這些事呢？真是奇怪。』看他這副模樣，傑羅斯不禁在心裡如此嘀咕。

大叔這吐槽的還真是一點都沒錯。

「穿過這裡，或許就是槍林彈雨的戰場了喔。」

「師傅……別說那麼可怕的話。」

「我不知道為什麼有股不好的預感……」

「同志和小緹娜都太愛瞎操心了啦。機器人那種東西，不可能隨處都看得到吧。就算真的出現了，傑羅斯先生也會把它們全變成廢鐵啊。」

「真是這樣就好了……」

四個人一邊閒聊，一邊朝著洞窟深處前進。

◇◇◇◇◇◇◇

眾人穿過洞窟，如同傭兵們所言，看到了一道階梯。

眼前是一座巨大的塔貫入迷宮天花板的怪異景象，那座塔本身的構造倒是和伊薩．蘭特的運輸用電梯極為相似。

一行人走下那座塔的階梯之後，底下是一整片的熱帶叢林。他們試著打倒了一台在叢林裡站崗的機器人，結果其他機器人接二連三地殺過來，現在周遭真的化為槍林彈雨的戰場了。

「好色村啊……跟你說的不一樣喔。你不是說這裡沒那麼危險嗎？」

「…………我確實有那樣想過。」

「咿呀～～啊！」

交錯飛舞在空中的子彈和螺帽削碎三人躲著的岩石、打斷附近的樹木，不時擊出的燒夷彈將周遭染成一片火紅。

茨維特和瑟雷絲緹娜不知道無人兵器是什麼。而好色村雖然曾透過虛構的創作內容得知無人兵器的恐怖之處，卻從未理解這種東西到底有多危險。

「為什麼會有這麼多那種魔像啊，打倒一尊之後，這些傢伙就接二連三地冒出來耶。」

「雖然只有老師獨自在應付它們，可是我們應該……沒辦法吧，過去只會礙事。」

「我想它們之間八成會共享情報。只要其中一台發現敵人，每一台都會知道敵人的所在位置。應該是先前打倒的那一台把情報傳給它們了吧？」

情報管控系統。說是所謂的Ｃ４Ｉ或神盾戰鬥系統，大家應該比較熟悉吧。

各個部隊可即時共享前線基地獲得的情報，藉此彈性地應對瞬息萬變戰局的情報傳遞系統。從現在面對的這群無人攻擊機器人的動作比方才打倒的機器人更為俐落這點看來，它們肯定是在共享情報的前提下展開行動的，茨維特也對這系統的威脅性感到恐懼。

與現行使用的號角或烽火等傳遞情報的方式相比，這個系統所使用的技術不知道先進了幾百倍。茨維特認為要是敵對國家擁有這樣的系統，他們想必毫無勝算吧。

「——原來舊時代的技術如此先進嗎？感覺比現在仍在使用的號角和烽火方便多了。要是落入敵人手中就恐怖了……」

「那尊魔像為什麼同時也在攻擊魔物呢？」

「嗯～……這只是我的推測啦，應該是其中一台機器人在某處遭到魔物攻擊了吧？因為它們彼此之間會共享情報，所以會將所有魔物都視為是敵人，列為必須排除的目標對象吧？我也不確定就是了。」

「魔物原則上都有地盤意識，可能是因為攻擊闖入地盤內的魔像，結果反而被魔像認為是敵人了。這樣看來魔物也是可憐……嗯？」

這時候茨維特產生了疑問。

「我說啊，如果那些魔像是人製作出來的，那它們以前是怎麼樣辨別敵我的啊？」

「我沒有明確的證據，但我想它們應該是靠識別碼來判斷的。遺憾的是因為我們沒有識別碼那種玩意兒，所以現在只要一動，馬上就會被盯上。我是覺得大叔應該弄得出識別碼啦……」

就連他們三人躲在岩石背面交談的期間，也有無辜的昆蟲型魔物慘遭擊碎，殘骸還飛到了這邊來。

在這情況下，有個特別奇特的存在正樂不可支地與無人兵器交戰。

「哈哈哈，隨便打隨便贏啦。只要弄清楚怎麼打了，事情就簡單啦。」

『『『他還真有活力啊～……』』』

大叔正開心地讓機器人一個個失去戰鬥能力。

切斷腳部之後關掉動力，再把整台機器人收進道具欄裡。

『骨架是以鐵、鋁、不鏽鋼和精金的合金製成的啊。品質比在上面的區域交手的那一台還好。可以拿到很多魔導力引擎吧～該用在哪裡呢？』

每打倒一台機器人，一定可以獲得一組魔導力引擎。

大叔在戰鬥中發現，這些無人機意外地乾淨漂亮，不管怎麼看都不像過去的遺產，感覺是全新的。

不過目前還在戰鬥中，所以他先摒除了這些多餘的思緒。

更重要的是他接連獲得了他很感興趣的零件，喜悅之情勝過了一切。

「師傅，結束了嗎？」

「難說吶。這些傢伙的性能比我在上層區域交手的那台更好，而且從它們會組織部隊戰鬥這點來看，背後有司令塔這個假設的可信性也提高了。」

「既然如此，繼續待在這裡不太妙吧？傑羅斯先生，我們先離開比較好吧？」

「重心對於穩定的人形機器人來說很重要，但是按常識來看，雙腳步行型的機器人重量太不平均了。而且體積愈大，慣性對關節造成的負擔就愈重。即使可以利用魔法控制慣性，還得面對關係到動力的能源問題，畢竟無法靠魔力來驅動所有組件。那麼替代能源呢？總不可能用核能吧。除此之外，還有控制系統、平衡器，開發統管這一切的程式……一個人絕對做不完這些事。所以說最關鍵的問題就出在人手不足上。」

大叔可以理解好色村想追求浪漫的心情。

可是要跨越物理法則的高牆不是隨便就能達成的事，需要有足夠的技術力，並累積龐大的資料。即使有生產工廠，還是有很多必須克服的問題存在，如果沒有好幾位具備科學知識的專家，不可能順利打造出像樣的成品。

光是要打造巨大人形機器人就不可能成功了，變形合體機器人更是天方夜譚。

「唉，不是人形的話或許有機會做出來啦，不過尺寸上還是有極限就是了。」

「如果是八公尺大小的機器人，應該有機會？」

「即使看起來像是人形，但我想外型應該會超醜的喔。足以支撐起全身重量的粗壯雙腳，能夠運用沉重武器的巨大手臂以及四肢活動所需的機械。加上駕駛乘坐的駕駛艙，還有保護駕駛艙空間的厚重裝甲，操控機器人所需的各種精密儀器……把這些全都裝上去，一定會弄出一台大金剛。」

「那樣……感覺一點都不帥耶。」

人形機器人是動畫或科幻片裡面的常客，雖然泛用性高，但實際打造出來其實派不上什麼用場。不如說用四腳步行的機器人反而更能穩定活動。

若要考慮到實用性，根本沒必要執著於人形。

「沒錯，比方說……類似那樣的玩意兒，才是最理想的外型吧。」

「「「咦？」」」

三人轉頭往大叔隨意指示的方向看去，只見一輛像是戰車的機械埋沒在瓦礫之中。恐怕是在建築崩塌時遭到波及，才會被壓在瓦礫堆下吧。

不過仔細一看，那輛戰車有六隻腳代替履帶，前端伸出了兩支宛如鍬形蟲大顎的可動式機械手臂。

「……武、武●雷。」

「好色村啊，你別沒事就想帶動畫哏好嗎？外型完全不同啊。是說我比較喜歡GUN●ED。」

「誰知道那什麼啊！我根本沒看過電影！只有在二手書店稍微翻過書而已。」

「這玩意兒比剛剛師傅打壞的那些還大耶……」

「以前曾利用這些魔像來進行戰爭呢。」

這時候，傑羅斯等人忘了一件很重要的事情。

以魔力為動力來源運作的機器人，不會散發出所謂的殺氣。

而且機體外側覆有能夠隔絕魔力反應的金屬裝甲，從外觀上看不出來它是壞掉了，還是正在待命。

就算是連對魔力反應相當敏感的魔導士都無法看穿。

簡單來說——

——嗡嗡嗡嗡嗡嗡……

——這台機器人還能運作。

如果他們有仔細檢查，從裝甲的劣化狀況發現這件事就好了，然而這時候的傑羅斯等人正在閒聊。

他們四個人都沒有發現，這台將除了最低所需功能以外的功能全都關上的機器人已經開始運作了。

而且……這台機器人的情報處理能力遠勝過傑羅斯所打倒的機器人，已將感應不到我方識別碼的生命體視為敵人。

沒過多久，兩隻機械手臂緩緩抬起，配備在前端的雷射砲已經瞄準四人。

「好像有什麼奇怪的聲音……呃！危險！」

機械手臂的驅動馬達發出的聲音，讓傑羅斯察覺到機器人已經準備攻擊，連忙張開魔法屏障。

下一瞬間，雷射直接命中了屏障。

「這傢伙動了……它還能運作嗎？」

「看它身上的損傷不多，應該是在瓦礫堆下面休眠吧？我想它是感應到敵人的存在，才再次啟動的。」

「敵人是指我們嗎？」

「照理來說是吧。更重要的是，我們還是趁它還被埋在裡頭的時候開溜吧。要是這傢伙爬出了瓦礫堆，我們就無計可施了。」

「我來爭取時間，你們快去安全的地方躲起來。好了，派對要開始啦。」

『『『唔哇～他看起來超有幹勁的～……』』』

傑羅斯拔刀，擺好架式。

當茨維特等人急忙跑進附近的建築物裡避難時，機器人一邊鑽出瓦礫堆，一邊站起身來。

雖說原本被埋在瓦礫下所以看不出來，但沒想到它竟是一台備有格林機槍與飛彈艙的多腳型戰車。

「原來如此……它是先掉進了塌陷的坑洞裡，才被瓦礫從上方掩埋的嗎？如果這塊領域重現了外面世界的某處曾出現過的景象，那表示有個跟這玩意兒處於同樣狀態的原形在這個世界的某處嘍？」

傑羅斯嘴裡嘀咕著，仍不忘使用鑑定技能來獲取更多的情報。

＝＝＝＝＝＝＝＝＝＝＝＝＝＝＝＝＝＝＝＝＝＝＝＝＝＝＝＝＝＝

【ＴＳＴ－Ｘ１０３試作型多腳戰車】

裝備

主砲88㎜魔導式砲

7．52㎜對人機槍塔式格林機砲×左右兩門

工作用手臂高輸出雷射×前方部位左右兩門

八連裝多重飛彈發射器×兩挺

破壞防護欄用機械手臂×兩條

概要

在魔導文明時期製造的六腳多腳型戰車。

隸屬於第387獨立機甲部隊，為局部地區作戰規格的實驗用戰鬥車輛。

駕駛為兩名。

裝甲是以鐵、祕銀、大馬士革鋼的複合式合金打造而成。

是有駕駛員的機體，但也可作為無人機使用。做為無人機使用時，會對未持有我方識別碼的對象展開任意攻擊，是一台不知變通、專門用來收集資料的實驗機，同時也是有缺陷的機體。

在亞爾哈朗軍強攻羅梅利亞基地時，作為防衛方參戰，掉入因爆炸出現的坑洞後遭瓦礫掩埋，由於系統一時停擺，就此遭到棄置。

駕駛啟動了無人攻擊系統之後逃脫。

之後駕駛於撤退時遭到友軍轟炸波及喪生，兩位軍階均特別晉升兩階。

＝＝＝＝＝＝＝＝＝＝＝＝＝＝＝＝＝＝＝＝＝＝＝＝＝＝＝＝＝＝＝＝＝＝

『喔喔……連我沒有特別想了解的歷史都……是說竟然是八十八公釐——88公釐高射砲嗎？這玩意兒太讚了，我超愛的！』

雖然有點在意那些多餘的解說，不過大叔現在還是決定要專心應付眼前的機器人——多腳戰車。

從瓦礫中爬出來的多腳戰車，外表看起來實在是又矮又胖。

「該怎麼說呢，這外型看起來像是強行把手臂、腳，還順便把大型飛彈艙也統統裝到戰車車身上呢。這樣只會是一塊上好的標靶吧，根本不實用。」

外型帶著幾分德軍戰車的圓潤感，六條粗壯的腳撐高了整台機體，配備雷射砲的手臂安裝在前方下緣處。

儘管外型獨特，車體本身的設計卻很古典。

老實說傑羅斯很想大喊『為什麼不做成普通戰車就好了！』

這車體形狀不管怎麼看都像隻寄居蟹。

戰車的感應器閃爍，安裝在左右兩側的格林機砲轉向傑羅斯。

然後——

——嗡嗡嗡嗡嗡嗡嗡……Gagagagagagagaga！

——毫不留情地開砲了。

傑羅斯躲開子彈並逼近多腳戰車，試著用刀斬斷它粗壯的腳。

然而多腳戰車打開了粗壯腳部上的裝甲，同時靠著空氣壓力上浮，用與它巨大的體積不相襯的速度倒退，並透過移動重心變換姿勢，躲開了傑羅斯的劈砍。

同時伸出車體下方的機械手臂，用雷射砲四處掃射。

「利用懸停脫離後馬上就接著用雷射砲攻擊……嘖，霧氣！」

大叔邊跑邊發動能產生霧氣的水屬性魔法「霧氣」，使雷射砲的威力減半，再拿樹木當落腳處左閃右跳，避免被多腳戰車上的攝影機拍到，採取各種行動讓多腳戰車無法瞄準他。

多腳戰車雖然靠著感應器探測到了動態物體，卻因為無法瞄準，只能不知所措地挪動著格林機砲的砲筒。

這時傑羅斯又是一砍，成功地毀掉了一門格林機砲。

「嘖……這手感，看來這玩意兒的裝甲不僅厚重，還用了強化魔法來提升硬度啊。這把刀……『迅雷』也是我花了大把心力打造的說～……」

大叔嘴上嘀咕著，又毀掉了另一門格林機砲，但是這兩刀也讓迅雷的刀身有了缺口。

儘管能夠破壞加裝在上頭的武器，可是要打倒多腳戰車本體，他似乎得拿出相當堅韌的武器來戰鬥才行。

雖然要他用重量級武器來戰鬥也行啦，可是這樣就失去男人的浪漫了。

在傑羅斯落地，煩惱著該如何是好時，多腳戰車突然打開了粗壯的腳上裝甲，再度猛烈地噴氣體。

『該、該不會……』

就在他冒出這想法的瞬間，這台總重量不知道是多少的戰車，竟用子彈般的速度衝向了傑羅斯。

「不不不不，不是這樣吧，這加速能力有問題吧！」

多腳戰車活用能夠在瞬間產生超級加速力的懸浮系統，根本不把幾十噸的車體重量當一回事，以企圖撞爛傑羅斯的氣勢猛衝過來。就算噴射器再強，這也太奇怪了。

而且它彷彿已經察覺傑羅斯才是最危險的敵人，完全只鎖定了大叔一個人。

慌了手腳的傑羅斯雖然剎時誤判了情勢，仍在千鈞一髮之際躲開攻擊，然而他在這一瞬間看到了。

多腳戰車不顧自己還在加速衝刺途中，一口氣張開六隻腳，並打開三隻左腳前方的裝甲，一口氣發動內部的噴射器，當場開始高速旋轉起來。

『什麼！這玩意兒判斷狀況的速度也太快！』

傑羅斯就像在貝獨樂遊戲中被彈開的獨樂，被戰車的旋轉力道給彈飛了出去。（註：貝獨樂遊戲是日本大正時代流行的一種陀螺遊戲，玩法為多數人同時在同一檯面上擲出貝獨樂並彈開對手，以在台上滯留最久者勝出。）

都要怪他自己剛才只有勉強躲開對方的攻擊。

「咕啊啊啊啊啊啊啊啊啊啊！」

傑羅斯撞斷好幾棵樹，整個人猛力撞在建築物的牆上。

「師傅！」

「老師！」

「那個加速力跟旋轉是怎樣啊……那麼大的身體，到底是怎麼辦到的……」

眼前這太過衝擊的景象，令躲在一旁觀看狀況的茨維特等人驚愕不已。

他們原以為大叔根本就無敵到不合常理了，多腳戰車卻展現出勝過大叔的強大力量。這對大叔的兩個徒弟來說簡直難以置信。

好色村也因為多腳戰車的超高性能而說不出話。

「唔……咕……居然能使出這種攻擊……不對，這傢伙該不會能和我打倒的其他警衛機器人共享情報吧？如果是這樣……」

多腳戰車將周遭的建築物化為瓦礫並繼續直線前進，同時從旋轉狀態下重整好態勢，啟動砲塔瞄準了傑羅斯。

藉由砲塔攝影機捕捉目標後，瞄準鏡鎖定目標，並在八十八公釐魔導砲內裝填彈藥。

看到停止旋轉的多腳戰車砲管所指的方向，一股不祥的預感竄過傑羅斯的背脊。

「那也太卑鄙了吧……哇！」

傑羅斯連忙一個翻身，發動強化體能及屏障的魔法，就在他急著跳離原處的瞬間，足以破壞鼓膜的巨響響徹周遭。

射出的砲彈挖去一大片地面，傑羅斯被吹到身上的爆炸衝擊波豪邁地整個噴飛出去，順著那股衝勁摔在粗糙的地面上。

『好痛……糟糕，剛才的近距離砲擊害我的耳朵……更重要的是那傢伙……呃！』

大叔在驚訝於自己超乎想像強壯的同時抬起目光——然後目睹戰車打開了配備於背部的飛彈發射器艙蓋——

以及彷彿要包圍自己般發射而出的大量飛彈——

「下手也太狠了吧啊啊啊啊啊啊啊啊啊啊啊啊！」

對沒有情感的機器說這什麼話呢。

誇張的爆炸火球吞噬了慘叫的大叔。

「喂，不會吧？師傅……」

「老師！」

「不，那點程度的爆炸，大叔還承受得住。相較之下，你們還是擔心一下自己吧……」

「「咦？」」

經好色村這麼一說，茨維特與瑟雷絲緹娜又把視線移回到多腳戰車身上。

只見戰車的砲塔正緩緩轉動，打算把砲口對準他們這裡。

第四話　大叔面對迷宮之謎

未知的存在……無論是魔物還是人類，在初次遭遇這種對象時，都難以估計對方的威脅性。沒有任何情報，也沒有時間思考，必須立刻採取行動。

碰到這種情況，經驗就變得相當重要。

然而，如果沒有足夠的經驗該怎麼辦？

尤其是在迷宮這種難以預測的環境中，最需要的就是察覺危機的能力。也就是能感受到生物釋放出的氣息、敵意，或是殺氣的能力。

人類必須經歷過不少危險局面，才有辦法立即看穿不知設置在何處的陷阱、提前察覺到逼進的凶猛魔物氣息，以及擁有因應當下狀況，果斷選擇撤退的決策力。

而即使是擁有這些技術的老練傭兵，仍有可能會陣亡的地方，那就是迷宮。

其中當然也包含了各種因素及運氣，但是特別容易有人喪命的情況，大多是出於回程途中出現的人為疏失，不然就是有預料之外的魔物出現。

至於為何會提起這些事——

「劍、皮鎧……還有亂收在背包內的各式戰利品，看來有幾個傭兵死在這裡了吧。」

「已經看不到他們的遺體了……」

「在這個區域陣亡了嗎……最後淪為迷宮的糧食，還真是討厭的死法啊。」

「即使向傭兵公會報告，這樣也很難辨別死者的身分吶～畢竟連屍體都沒留下嘛。」

——傑羅斯一行人碰巧遭遇了傭兵們慘遭殺害的事故現場。

從殘留在水泥地上的駭人大量血跡以及散落在周遭的裝備狀況來看，傭兵們應該是在回程途中單方面遭受敵人的攻擊。

他們推測襲擊傭兵們的是與傑羅斯打倒的無人攻擊機器人同類型的機體。

「看來之前碰到的那三個傭兵真的只是運氣好，不，說不定就是因為這裡有人犧牲了，他們才能順利逃脫吧……」

「如果真是這樣，以結果而言這些人等於是誘餌啊。真的是很討厭的死法。」

「這些傭兵想必無法瞑目吧……」

「拜託各位別在陽間徘徊，早日投胎吧。南無阿彌陀佛……」

一般常識根本派不上用場的空間世界，這就是迷宮。

儘管這種悲劇總是不為人知地發生在世界各地的迷宮內，可是對於實際看過現場的人來說，實在不能用一句事不關己就帶過這件事。

因為說不定自己哪天也會有同樣的下場，既無情又無常，且無比冷酷的現實就這樣毫不留情地展示在眾人的眼前。

「包括看起來像是司令塔的多腳戰車在內，我打倒了所有襲擊我們的無人機，不過可能還有其他的無人機存在？而且建築物周遭長滿了樹，看不出整體的模樣，沒辦法推測這是什麼設施……」

「我還是很在意我們一開始走下來的那座像是高塔的建築物……那到底是做什麼用的啊？」

「我猜可能是發電廠散熱用的煙囪？如果這樣假設，確實有些地方就能說得通了，但這樣就會冒出『那這裡到底是什麼設施？』這個疑問。」

「這裡不是軍事設施嗎？」

「就算統稱為軍事設施，實際上也分成了很多種啊。雖然我是從這設施散發出的感覺推測的啦，但這裡應該是某個祕密研究設施吧？我也不確定就是了。」

「你這推論還真隨便耶。」

就算好色村抱怨他的推論隨便，大叔也給不出更好的回答。

傑羅斯試圖了解這座埋沒在森林中的設施全貌，正在進行各種驗證工作，相較之下好色村只會出一張嘴拋出問題，根本沒打算自己去找答案。

從他隨口說出這是軍事設施的態度，就可以知道他沒想去努力了解更多事情。

「我們鎖定相對來說仍留有原形的建築物做重點調查吧。假如那座類似筒倉的建築物是發電廠的排熱設施，那研究設施很有可能會設置在方便配管的地下。應該能在某處找到通往地下的出入口才對。」

「師傅，發電廠是什麼？」

「該說是利用魔力產生其他能源的設施嗎……簡單來說就是可以產出大量電力的設施。」

「所謂的電力是指雷電對吧？產出這些電力要拿來做什麼？」

「用來讓建築物的照明或機械設備運作，就是因為需要電力讓製造出那些機器人——魔像的機器運作，才會建造這樣的設施吧。」

「光用魔力不行嗎？」

「舊時代——魔導文明期有在使用魔力之外的替代能源是事實。雖然是水力、地熱和太陽能發電……不知道有沒有核電？呃～即使把魔力變換成名為魔法的現象，經過一段時間後仍會變回原本的魔力。可是這之中其實有個相當致命的陷阱，問題就出在高密度魔力的飽和現象上。若是為了運用魔力而將過多的魔力集中於一處，會形成可能誕生出妖精或惡魔的魔力囤積處。最糟糕的情況就是出現人類無法對付的凶惡怪物。」

在有不少兵器集中於此的軍事設施裡，有可能因為無人兵器動力爐數量，導致聚集的魔力無法消散，引發飽和現象，產生出魔力囤積處，最終釋放出妖精或惡魔這些的凶惡的半物質生命體，招來災害。

再加上這種生命體會透過吸收瘴氣，進化、成長為更棘手，也就是人稱「魔王」的存在。

舊時代把這種一連串的災害稱之為「妖魔災害」。

這種現象甚至有可能會促進周遭的動植物過度成長，進化為魔王。而受災範圍擴大也會對人類的精神造成影響，使得社會上每天都有源自於「戀愛症候群」的怪異行為橫行於世。

魔力的確是一種方便的能源，可是超過容許範圍的過多魔力只會造成禍害，無論如何都需要有不依賴魔力的替代能源。

「我記得伊薩．蘭特有利用龍脈的發電設施呢。實際上在邪神戰爭之後，也確實有不死生物和惡魔從魔力囤積處當中誕生了嘛～那裡的都市機能明明已經停止了，防衛魔法卻還在持續運作，也是因為那些囤積的魔力偶然發揮了魔力電池的功用，地下通道工程的施工隧道又碰巧成了通風口，讓囤積在那裡的魔力流向外頭，才沒有爆發施工或調查隊人員精神狀態失控的事件。還真是走運啊。」

「感覺是庫洛伊薩斯哥哥聽了會很高興的內容呢。」

「因為那傢伙是個只顧研究的笨蛋啊……」

「如果他聽到這段話，應該會刻意聚集魔力，試著做出魔力囤積處吧？這裡也是，我覺得他要是知道有這種地方，八成會喜孜孜地衝進來……」

「好色村，你不要說這種讓人笑不出來的玩笑話……那傢伙絕對會幹出那種事。」

一旦扯到跟研究有關的事情，就不能相信庫洛伊薩斯。

他的求知慾衍生出的好奇心會失控，不用想也知道他會不顧危險地一路猛衝，並且對周遭的人事物造成莫大的損害。

而他們談論的庫洛伊薩斯現在正在自己的房裡打著噴嚏，專心地解讀魔法術式。

「如果這裡有研究設施，那要輸送所需的物資，也需要相當大的建築物。尤其空運在理想上最好選在一個開闊的地點……這樣一來就能鎖定條件了。假設是這樣……那邊的建築物比較可疑吧？」

傑羅斯邊自言自語地嘀咕著，邊從周遭的狀況推測可能符合條件的建築物位置。

儘管建築物本身埋在森林之中，其他建築物不是崩塌，就是因經年累月下來堆積的落葉等有機物而化為了土壤，仍無法隱藏建築物存在的痕跡。

而且因為有持續在繪製地圖，所以他在某種程度上已經看穿了設施的位置分布。

傑羅斯選擇相信自己的推測，朝他認為的地點走去。

然後一行人抵達了像是一座機棚遺跡的地方。

只有金屬框架還保留了下來，牆壁和屋頂等結構均已徹底崩塌，形成了一塊不自然的平原。這裡原本應該是跑道或直升機場之類的設施吧。

他們在殘留的建築物瓦礫前方，發現了兩個明顯不是自然產物的長方形凹陷處。

傑羅斯推測那裡就是被砂石和腐植土掩埋的地下通道。

「……『爆破（弱化）』。」

「喔哇！」

「呀啊！」

「你不要突然用魔法啦，起碼先打聲招呼吧！」

大叔毫無預警地直接用爆破炸飛了堆積的土壤，如他所想的發現了通往地下的通道——運輸通道。

如果說物資是從這裡輸送進去的，那裡面八成是物資倉庫。

一想到有可能從這裡挖出尚未使用過的器材或是從未見過的魔導具，興奮和期待的情緒便直直攀升。大叔死命地忍下想立刻衝進去的衝動。

「呵呵呵……這裡面到底有些什麼呢？真令人期待。如果裡面存放著舊時代的機械，大叔我會興奮起來的喔～♪」

「不，你現在就很興奮了吧。」

「那個……老師，舊時代的魔導具都要交由國家進行調查喔？」

「那個大叔眼裡已經只有寶藏了，說再多都沒用。」

開心到彷彿隨時都會踏起小跳步的傑羅斯逕自向前走去。

如果這裡面有多腳戰車的零件，他就可以修理戰車，不必自己從頭開始製作零件了。

由於他想改造戰車也需要耗費礦物資源來製作零件，若是能在這裡找到大量的零件，他就可以把挖掘到的礦物挪作他用。

儘管以利益為重，大叔還是覺得相當雀躍。

『敵人畢竟是機械，還是改用槍吧。』

不上不下的攻擊——尤其是使用劍與魔法施展的攻擊，對舊時代的兵器是沒有效用的。

在與多腳戰車交手的時候就已經證明，若非工夫了得，這些攻擊根本傷不了堅固的裝甲。

大叔選用了M16突擊步槍，感覺自己就像某個特種部隊的一員。

傑羅斯走在前面，來到通路的轉角，靜靜地觀察裡頭的情況並確認是否有敵人。判定沒有敵人之後，才默默地示意，要茨維特等人跟過來。

「這裡是……」

「物資倉庫……不對，是集散地吧？裡頭有貨櫃耶。」

「這裡面有些什麼呢？」

「要打開看看嗎？說不定會有好玩的東西喔。」

大叔賊笑著說出惡魔的呢喃。

茨維特和瑟雷絲緹娜也對舊時代的遺物很感興趣，非常在意有什麼樣的東西被保存了下來。

然而這些東西多半都會牽扯到法律相關規定，一旦發現，他們便有義務要呈報及提交給國家。

「即使發現了很厲害的東西，也會被國家收走啊……」

「茨維特啊，你是不是忘了什麼事？」

「什麼是指什麼啊，師傅。」

「這裡可是迷宮打造出來的舊時代複製品喔？如果是在遺跡裡發現的那還另當別論，但是在迷宮內發現的東西，所有權屬於發現者。也就是說……」

「等一下！師傅，你該不會想以在迷宮內發現為藉口，把舊時代的遺物給……」

「這裡可是幾個小時前被創造出來的喔，複製品真的能算是遺物嗎？」

「你這根本是歪理！」

從這是迷宮打造出來的複製品這點來看，他的理論確實說得通，可是依據發現的東西類型，發現者將有義務要向上呈報，如果發現的是兵器，那就更不用說了。

然而這個大叔一心只想把這些東西占為己有。

茨維特合理地認為『即使是複製品，只要是舊時代的遺物，就必須交給國家』，傑羅斯卻以『無論發現的是什麼，仍不改它是迷宮產物的事實。即使是有強力特效的劍，不也屬於發現它的傭兵嗎？硬要把這些東西劃入舊時代遺物的範疇，這樣太奇怪了』的論點來反駁他。

雙方永遠沒有交集。

「他們兩個好有精神喔。」

「我想大叔不會因為這樣就覺得累吧。是說貨櫃外圍都生鏽了，不過重要的是裡面……」

好色村無視正在爭辯的傑羅斯他們，機靈地開始調查起排列在眼前的巨大貨櫃。

貨櫃的外觀看起來是生鏽了，可是由於貨櫃本身是以長期保存為目的來製造的，所以裡面意外地還保持得很完善。

「唔喔！第一箱就是警衛機器人喔……而且還是全新的。」

「收在這些箱子裡面的東西該不會都是……這些魔像不會攻擊我們吧？」

「別去動它應該就不會有事吧。這邊的貨櫃是零件……不對，這是什麼器材？」

貨櫃裡面裝著應該是剛送進來的警衛機器人零件。除此之外還有上頭滿是鍵盤或開關，用來執行某些操作用的大型器材。

傑羅斯跟在一一打開貨櫃確認的好色村身後，將貨櫃裡的所有東西都收進了道具欄裡。看樣子他打算一個都不留的全部帶走。

「啊，發現筆記型電腦。可是沒有電源就不能用呢。」

「喔喔，這還真是挖出了好東西呢。雖然應該是送來這座設施當備用品的，不過在拿出來使用之前他們就全滅了吧？但是……」

這麼一來就更讓人不解這裡到底是用來做什麼的設施了。

從配備了多腳戰車和警衛機器人來看，幾乎可以確定這裡是軍事設施，可是貨櫃裡面的東西卻沒有拿出來過的跡象，想必是在戰鬥後便遭到棄置。

從多腳戰車的鑑定結果可以知道這座設施應該遭遇過敵襲，但襲擊的原因依然成謎。

而這裡究竟多麼忠實地重現了過往的歷史這點，也是很令人在意的部分。

『既然是會遭人猛攻的軍事設施，表示這裡在進行某種研究吧？』

大致把東西都帶走後，傑羅斯一行人慎重地走進隔壁的房間，裡頭擺放了一些維修到一半就被放置不管的戰車，還有用來維修警衛機器人用的吊架。

大叔立刻撈走了擱置在此的戰車與警衛機器人。

「老師你帶走這麼多魔像是想要做什麼啊？」

「嗯～把裝甲還原成金屬，然後把裡面的器材都調查過一遍，能用的就留下來利用。把魔導力引擎用來當成讓發電機運作的動力……啊，有沒有在哪裡看到電池啊？」

「你根本就為所欲為耶，這算是偷竊行為喔……」

「你能不能說我是在做資源回收啊？對喔，順便帶幾個沒壞的貨櫃走好了。」

真要說起來，大叔不想把這些兵器交給現在的魔導士們。

原因在於魔導士們沒有能力阻止這些兵器，要是調查途中不小心讓兵器失控，恐怕會造成莫大傷亡。

明明沒有足夠的知識，卻隨便交給國家去處理，實在太危險了。

不過這當然是傑羅斯事後才硬加上去的理由……

「喔喔，這是液晶螢幕耶！這邊是電子零件！好耶，這樣應該可以組一台桌上型電腦了吧？作業系統怎麼辦呢……從撈來的筆電裡移過去嗎？」

「師傅真的是賢者耶……」

「因為我們最近已經認定他是個只會依自己的興趣行事的人了……」

「就算組了電腦，不能玩色情遊戲就沒意義了啊。而且這裡又沒網路，對我來說根本是暴殄天物。」

好色村差勁透頂的發言。

不過儘管方向性不對，他這番話在某種意義上來說也是真理。

不是專家的人不會自己寫程式，頂多只會拿電腦來做文書處理，或是上網搜尋需要的資訊吧。即使架設網站，在這個世界也沒人會看，根本沒有意義。

所以說是暴殄天物其實也沒錯。

「其實網際網路原本也是基於軍事目的開發出來的技術。是為了避免命令系統過於單一，希望能以多元的方式來傳遞及共享情報。」

「意思是在戰場上下達命令的大本營不只一個？這樣不會反而招致混亂嗎？」

「從舊時代的遺物來看，當時應該發展出了高度發達的文明。戰爭的進行方式當然也和現在不同，敵軍的一波攻擊就有可能會破壞掉我方的大本營。不過要是其他地方有可以下指令的設施，要繼續對還在行動的部隊下達作戰指令也就容易多了吧？伊薩．蘭特也是這樣的據點之一。」

「那座地下都市竟然是軍事據點喔。總覺得是個很可怕的世界……」

「也不至於。如果所有國家都持有一種大型破壞兵器，自然會達到恐怖平衡，不易爆發戰爭。因為國家之間會彼此制衡，變得無法隨便動用武力。如果沒有正當理由就隨意發動戰爭，也會遭到輿論的嚴厲批判。」

「不過這意思就是還是會發生小規模的抗爭吧。」

「再來就是恐怖行動吧？如果發展到那種程度，世界局勢就會變得以經濟為重了。軍隊的主要功用會轉為保衛國家。畢竟發動侵略戰爭只會花錢，打也沒意義。」

聽傑羅斯這樣簡單說明後，茨維特不禁頭痛了起來。

這個時代在戰場上立下功勞是一種榮譽，然而魔導文明期竟然是個認為戰爭毫無意義，有著完全相反價值觀的時代。

各國坐擁大型破壞兵器且彼此牽制的世界局勢，對茨維特而言很難稱得上和平。他只覺得那是只要走錯一步，各國便會用那些兵器引發悲慘戰爭的危險狀態。

他不懂為什麼這反而會導向以經濟為重的局勢。

傑羅斯反而只丟了一句「你不用想得這麼複雜」，一副事不關己的樣子。

「既然彼此武力相當，自然預想得到戰爭會引發怎樣的悲劇，或是造成多大的損害吧。如果在這樣的情況下還想占有優勢，那只要成為勝過其他國家的超級經濟強國就行了。至於辦不到的小國家，就發展為技術大國，藉此獲得其他國家無法忽視的發言權就好。無論是以怎樣的形式，只要能靠經濟壓制其他國家，那武力恐嚇也就失去意義了吧？因為透過貿易讓許多國家共享利益，或是反過來利用經濟壓力毀掉一個國家這種事，現在也經常發生在世界各處喔。」

「理論上是這樣沒錯，但我不能接受……」

「比起真的打仗，充滿欺瞞的和平還是好得多了。」

「傑羅斯先生，你這話是抄來的吧。再說你也不該拿著槍隨便把玩，會倒大楣的。」

好色村吐槽架起M16把玩的傑羅斯。

大叔最不想聽他這個衰小到極點的人說這種話。

「老師，這邊我們已經調查完了，趕快前進吧。」

「沒錯，未來的事情交給年輕人煩惱就好。雖然這裡也是有個未來一片慘澹的年輕人啦。」

「就算是要報復我，這樣說也太過分了吧……」

一行人無視嘴上嘀咕的好色村，繼續往設施內部前進。

他們做的事情跟方才搜刮貨櫃時沒什麼差別。

一旦發現房間就先翻箱倒櫃一番，有發現零件的話便立刻帶走。就算不知道是拿來幹嘛用的機械，總之也先帶走就對了。

與其說他們正在朝著內部前進，不如說是一路往地下移動。他們會調查完那層設施內所有的房間後再走下階梯，把每一層都掃個精光。

來到地下十三樓左右的研究設施時，他們來到了被一道前所未見的閘門給封住的房間。

這個房間被一道沉重又堅固的金屬自動門給鎖上了，若想繼續前進，得將門禁卡插入鑲嵌在牆上的機械，才能打開這扇門。

不過由於傑羅斯他們一路鉅細靡遺地搜索，早就找到了門禁卡。

「到這裡為止走了十三層。後面還有啊……而且感覺是個戒備森嚴的地方。」

「照我的推測，這裡不管怎麼看都是研究設施吧？雖然是因為這一路下來發現了一些奇怪的研究資料，所以我才會這樣想……」

「是研究設施的話會有什麼問題嗎？都已經毀損成這樣了，應該沒留下什麼重要的東西吧。」

「這就難說了，他們甚至連軍用武器都直接棄置不管耶？表示這裡很有可能是讓他們不得不放棄的危險設施。我有稍微看了幾份資料，感覺他們是在這裡進行很不得了的研究啊。」

「老師，關於那些研究資料的內容…………你不願透露啊。」

傑羅斯一邊默默地擺擺手拒絕說明資料的內容，一邊將門禁卡插入讀卡機裡。

讀卡機讀取了這張不知道主人是誰的門禁卡的認證資料後，金屬製的門扉慢慢打開。一行人看到的是——

「……大、大叔……那個該不會是……」

「肯定沒錯。那個是……」

「師傅，你知道那個是什麼嗎？」

「我看起來只是一個圓環狀的裝置藝術耶。」

——對傑羅斯和好色村而言，那是他們在VRRPG「Sword and Sorcery」裡非常熟悉的東西。

也就是說，那是茨維特和瑟雷絲緹娜第一次看到的機械。

那就是「傳送門」。

在遊戲裡前往世界各地冒險，是一段令人懷念的回憶。

「……傳送門居然真的存在嗎？」

「原來這座設施曾經做過傳送實驗喔。他們應該沒有惡劣到拿活體人類來進行空間跳躍的實驗吧？」

「我倒覺得很有可能喔。說不定就是進行不人道實驗的事情曝光了，才想連同關係人士在內，湮滅整座設施。可能是所謂的不能被揭露的真相吧。」

「他們真的有辦法隱瞞這種設施的存在嗎？畢竟光是在建設階段，就會因為輸送建材的紀錄而曝光了吧？」

「設施本身的設計應該很普通吧？不過裡頭進行著什麼樣的實驗則對外保密。我想應該是出於某些原因走漏了消息，這裡才會遭到攻擊吧？追根究柢，因為不知道原本的設施究竟建設在哪裡，我們也無從得知當時的狀況就是了啦。」

「啊……我都忘了，我們現在是在迷宮裡。」

這都是些不脫臆測範圍的空談。

但是從結構來看，這裡毫無疑問是曾經存在於地表上的設施，而且大叔有種預感，再往下走的區域恐怕進行過相當危險的研究。

若是迷宮忠實地重現了埋藏在歷史背後的設施，那在這個區域的更深處，很有可能藏著不能被揭露的真相。

因為這裡儘管埋沒在叢林之中，難以看清全貌，卻毫無疑問地是規模相當大的基地。

「傳送門……是嗎。地板上的屏障展開魔法陣直徑約五公尺，中央那座建構傳送門的環狀設備頂多只能讓一個人通過。不管怎麼看都是實驗用的半成品……也就是說，完成品或許存在於這世界上的某處嗎？」

「更裡面的房間……雖然不知道這設施到底有多深，不過從這個模式看來，應該會發現更危險的設施吧？」

「要去看看嗎？」

「愈害怕反而愈好奇啊……」

傑羅斯和好色村非常想知道藏在前方的真相。

插不了話的茨維特和瑟雷絲緹娜則是面面相覷。

他們兩個當然也很有興趣去探究未知的歷史。即使那是不符人類道德觀念的非法行為。

「你們也要跟來嗎？坦白說，我個人是不建議你們繼續前進就是了。」

「我、我要去！」

「舊時代留下的謎團真的太多了。從文獻中只能得到片段的情報，研究員和考古學家都在調查遺跡，企圖拼湊出當時國家真正的樣貌。這可是得知部分真相的好機會。」

「其實我有股不好的預感。你們如果真的要跟來，最好先做好覺悟喔。」

歷史當中存在著某些不要知道比較好的真相。

因為揭穿之後有可能會徹底顛覆既有的常識，也有可能會因此厭惡起人類這種生物。儘管是迷宮重現的過往遺產，但大叔不認為他們需要知道在高度文明的背後究竟幹了多少骯髒勾當。

「如果前面有什麼不能被揭露於世的真相，我認為我有必要去理解。」

「我也一樣。我也相信魔法這項技術的可能性，可是我早已覺悟到事情絕對不可能只有好的一面。我想知道以前的人究竟在這座設施裡做了些什麼事。」

「那很有可能是人類埋葬在歷史之中的強烈惡意喔？」

「即使如此我也想知道。不，我覺得我必須要知道。」

「我也是。」

生為魔法國家的貴族，心中對魔法這種力量懷抱著理想的兩人似乎已下定決心。

一行人在調查的同時將通路繪製成地圖，大致掌握了建築物的構造。

這座研究設施的構造就像螞蟻窩，愈往下，設施的空間就愈是開闊，似乎是依照不同的研究領域來分層的。

其中也包含了傳送裝置的實驗室、藥品研究、兵器開發等研究。

尤其是這裡設有細菌培養研究的設施，讓傑羅斯和好色村大致掌握了這座研究設施存在的原因。這是用來開發化學武器的設施。

然後再更往下層後，他們便發現傑羅斯和好色村預料中的東西了。

對茨維特他們來說，眼前的景象實在過於驚悚。

「嗚噁！」

「好、好過分……」

「改造生物……他們果然幹了這檔事啊。因為樓上有研究細菌的設施，我就想說有可能是這樣。」

「生物兵器……看來是抓了魔物來進行改造呢。再往下走可能會有比這更過分的玩意兒出現。」

即使是看過電影，多少有點抵抗力的傑羅斯和好色村，在實際看到漂浮在設置於此的培養槽內的實驗動物時，那過於悽慘的景象仍讓兩人忍不住想別過頭去。

裡頭全是些畸形生物，有的甚至是維持著解剖後的狀態，直接保存進去的。

其中也有身上鑲入了機械裝置的動物。

「再往下走……？該、該不會？」

「茨維特現在想到的東西，說不定會成真呢。雖然這裡看到的都是魔物，但我想更深處應該可以找到他們在這裡進行過人體實驗的證據。」

「這、這種事……不是惡魔才會做的事情嗎？他們為什麼做得出如此過分的事！」

「即使是用來救人的技術，一旦遭到濫用馬上就會化為惡魔的作為啊。相反的，也有能夠拯救無數眾生的技術，是從這類實驗當中產生的。所有的事情都有正反兩面，只不過我們現在看到的是壞的那一面。」

「我以為舊時代是孕育出高度技術的偉大文明，沒想到他們竟然做過這麼不顧道德的行為……如果我們也這樣繼續發展下去……」

茨維特和瑟雷絲緹娜親眼見識到魔法與技術將會走上什麼樣的路，面色蒼白地垂下了頭。看來兩人都受到了很大的打擊。

大叔回過神來，才發現本來應該在身旁的好色村不見人影。

「咦？好色村上哪去了……」

「喂～大叔！我在這裡發現了超級不得了的玩意兒喔！」

「他到底是發現了什麼……不過我建議你們兩個不要再往前了。我會去找好色村，你們先回去設有傳送門的那間研究室等我們。這後面的東西，你們還是不要看比較好。」

「……就這麼辦吧。」

「…………老實說我也沒辦法再看下去了。」

暫時與茨維特二人分開之後，大叔急忙朝著好色村聲音傳來的設施深處走去。

該說果然如此嗎，人體實驗用的檢體漂浮在陳列於左右兩側的培養槽中，讓大叔反射性地吐槽了句

「說好的奇幻世界上哪去了」。

大叔覺得自己彷彿迷失方向，闖入了近未來的恐怖動作片世界裡。

「喔，來了來了。傑羅斯先生，你看看這個。不得了耶。」

「……嗚哇。」

好色村發現的是以巨人族為基礎，使巨人化為改造人的生物兵器。

雖然還勉強保有人形，但右手臂已經變成一把巨大的劍，左手臂則是類似某種能源兵器的砲筒。埋入胸部和背部的各種機械與管線使這生物兵器顯得更為駭人。

而且……

「不會吧……這玩意兒還活著嗎？」

這生物兵器還活著。

到了這裡，傑羅斯直接面對了嶄新的迷宮之謎。

◇◇◇◇◇◇

從索利斯提亞魔法王國所在的北方大陸越過大海往遙遠的南方前進，會來到一片被稱為熱浪大地的南方大陸。有個人物正從南方大陸內陸的山脈上空俯瞰大地。

從三千公尺高空往下看的此號人物，眼睛眨也不眨地持續凝視著山脈的某一個點。

「嗯……看樣子這邊的功能還沒停止。不，應該說原本處於休眠狀態，但由於突然失去大量魔力，判斷此為緊急狀態，反而啟用了部分功能吧。」

獨自嘀咕著這些沒人會聽到的話語的是過去曾被稱為邪神，現在則自稱為「阿爾菲雅・梅加斯」的高次元生命體。

基本上她的任務是要管理一個次元世界，可是直到最近為止，她都無法行使管理能力，被封印了很長一段時間。

她現在雖然取回了一半的管理權限，但依舊無法管理這個世界，只能過著從行星外監視著地表，調查四神動態的每一天。

然而只要殘存的四神——弗雷勒絲和阿奎娜塔沒有任何動靜，她就無法釋放她們持有的權限，現在能力還不完整的她能做的事情也很有限。

所以她決定先暫時停止尋找殘存的二神，推動世界的重生。

阿爾菲雅飛遍行星，尋找在過去創世期殘留下來的系統，並調查這些系統是否還有在運作。

就結論而言，她發現的所有系統幾乎都處在完全停止活動的化石狀態下。

儘管如此她仍不死心，謹慎地繼續調查，終於找到了一個還在運作的系統。

「……不過這系統的活動也很孱弱啊。也罷，只要注入吾的力量，應該就有救了。」

在阿爾菲雅的視線前方的是位於沙漠中心的巨大山脈。

不，要說是山脈，它的形狀又很奇怪。

只有岩石的巨大山脈莫名存在於沙漠中央。而且若是從高空確認，可以發現那個地方雖然多少有些變形，但呈現一個驚人的巨大圓形。

如果這真的是山脈的一部分，形狀太不自然了。

「先張設結界，讓還能運作的地方甦醒。順利的話應該會迅速成長吧。」

阿爾菲雅感覺到的是本來不應存在於物質世界的力量。

性質上和她比較相似。

然而這股力量的光芒實在太微弱了。

為了防止這股虛無飄渺到幾乎要消逝的力量散去，阿爾菲雅在張設半徑兩百公里的結界保護這股力量的同時，慎重地將不斷從高次元流入的力量注入其中。

『唔……現在的吾很難調整力量的強弱。雖然本體也有在控制了，但在不完善的狀態下，仍是一場苦戰啊……』

阿爾菲雅在艱難的狀態下控制從高次元流入的能量，使能量與系統同步，並藉此激發系統應有的功能。

一旦激發成功，接下來開始的便是爆發性的重建與增生。

變異以顯而易見的型態發生了。

原本僅有岩石的山脈突然崩塌，許多充滿生命力的樹木彷彿鑽破了岩石表面，從內部急速成長，有如破蛹而出的成蟲。

實際上那些不是一棵棵的樹木，而是一棵巨大樹木上長出的樹枝。

在廣大沙漠的正中央，突然擴展開來的一片綠意。

散發著彩虹光輝的綠葉釋放出龐大魔力，使結界內部充滿濃厚的魔力。

「醒了嗎……行星環境控制系統，『尤克特拉希爾』啊。」

這就是世界重生的開端。

第五話　大叔處理掉生物兵器

散發出強烈異樣氣息的巨大培養槽裡，有個同樣十分詭異的巨人生物兵器漂浮在其中。

令人難以置信的是這生物兵器還活著，機械眼睛可能是發現到了他們的存在，鏡頭正頻繁地反覆亮起紅色光芒。

然而這實在太奇怪了。

追根究柢，這座設施只是迷宮複製出來的東西，說穿了就像是以電影為題材的主題樂園。正因為是迷宮複製出來的產物，照理來說培養槽內的生物不可能還活著才對。

反過來說，假設生物兵器還活著，就代表迷宮核心就連生物都能夠複製。

『不對，等一下！仔細想想，迷宮核心確實複製了植物。既然能在脫離次元限制的異空間裡建構出如此廣大的世界，從零開始召喚並讓植物繁殖，這作法實在太缺乏效率了。假設迷宮是在建構好區域後才開始讓植物繁殖，不管怎麼想時間都不夠吧。這表示迷宮從一開始……就具有產出生物的能力嗎！』

從宏觀的角度來看，植物也是生物。

既然如此，迷宮能夠複製魔物的假設就能成立。

但迷宮要是可以創造出生物的複製品，為什麼要特地召喚魔物前來，讓魔物在迷宮內繁殖這點就是個不解之謎了。

「為什麼生物兵器會被迷宮複製出來啊。對迷宮來說，作為這生物兵器基礎的巨人族到底是什麼定位？」

「嗯～想再多也沒用吧？反正一定是有什麼超越人智的存在在暗中運作這些事。」

「好色村你……人生過得還真是快活呢。以某種意義上來說，我很羨慕你。」

「你這話絕對是諷刺我吧！」

傑羅斯說羨慕他是說真的。

人會在成長過程中學習到各式各樣的知識，而且儘管有個別差異，但人會利用學習得來的知識作為判斷事情的指標。即使是在把遊戲知識化為實體的這個世界裡，依然是一樣的。

有時候即使目擊到不合理的現象，也可以用自己擁有的知識加以分析。傑羅斯認為是因為資訊不足，才會出現無法理解的事物。

可是好色村完全不會去思考這些複雜的事情。

分析工作幾乎都交給其他人去做，他自己只會順著當下的情勢採取行動。因為他從來不去做自己做不到的事情，所以也從未感受到壓力吧。

「我是真的很羨慕你啊……從一個認真過活的人的角度來看。」

「你為什麼要用憐憫的眼神看著我？真要說起來，大叔你也算不上有在認真過活吧？」

「沒禮貌，我一直都很認真啊。我敢說我時時刻刻都是使盡全力在過活的。」

只不過這個大叔使勁全力的方向性跟其他人相比之下非常的偏。

雖然他有時會做出符合一般常識的言行舉止，但是他從根本上來說還是個徹底順著個人興趣行事，隨心所欲的自由人士。不管怎麼想都應該要歸類為怪咖。

他的性格扭曲到明明直直走在一條路上，卻會因一時興起就突然來個大迴轉，然後又在途中九十度轉彎。這種人說自己很認真也沒人會信。

「唉……不說了，我不覺得我講得贏你……」

——喀嚓！

「好色村小弟啊，你剛剛……是不是按到了什麼？好像有個奇怪的聲音……」

「咦？」

好色村放棄反駁傑羅斯時，碰巧按下了位在手下方的開關。開關上面的面板開始倒數計時。

兩人身上冒出冷汗。

傑羅斯他們戰戰兢兢地環視周遭，發現裝有生物兵器巨人的培養槽內部開始劇烈地冒出泡泡。不僅如此，周圍的管線還噴出蒸氣，氣壓彈飛了螺絲，另一條管線則是流出了不明液體。

「……我該不會搞砸了吧？」

「搞砸了呢。那傢伙正盯著我們看喔？如果他很友善就好了呢～」

「他會出來嗎？」

「會出來吧……我感受到了一股強烈的殺氣啊。」

「不僅被改造，還被關在這種地方，任誰都會生氣吧～……」

出現在培養槽內的泡沫以及周圍的蒸氣害他們看不清楚培養槽內部的狀況，勉強觀察到的狀況是培養槽正從內部開始扭曲變形。

看樣子生物兵器正在裡頭大鬧，打算憑藉蠻力來到外面。

「你覺得……我們打得贏他嗎？」

「右手的劍只要躲開就好了，但是左手那個不管怎麼看都是雷射武器啊。雖然就算真的能發出雷射，也不知道雷射所需的能源到底是從哪裡供應的。」

「如果是常見的設定，應該是他背上的機械吧？那個感覺像是用好幾種大叔帶走的機械拼湊組裝而成的……」

「畢竟有一半是生物，希望他的活動時間有限啊～」

「你是指死於飢餓嗎？不能把希望放在這上面吧。畢竟他只要出去外面，就有很多東西能獵來吃啦。」

「看樣子不在這裡解決他不行吶……來，這給你用。」

傑羅斯把M16突擊步槍跟幾個彈匣交到好色村手裡，自己則是用雙手舉起了兩把米爾科姆轉輪連發式榴彈發射器。

「那個不是榴彈發射器嗎？」

「如果他像電影裡常見的模式那樣，能夠透過捕食其他生物來讓自己重生，那我們可吃不消，所以我想直接把他轟成灰。不過我沒試射過這兩把，不知道威力有多大就是了。」

「也是啦，捕食其他生物後重生根本就是遊戲裡一定會出現的橋段……」

周圍的培養槽裡面不只人類，也有獸人、精靈、矮人等其他人種。

儘管這座設施是複製品，但這些人也不想以這樣的形式留存到現在吧。而且還是歷經人體實驗後的悽慘模樣。

這些實驗體當中也有小孩及嬰兒，即使知道是假的，依然令人不忍卒睹。

也難怪傑羅斯會想把這一切都轟成灰燼。

「他差不多要出來了吧？好色村，我們一邊後退，你一邊負責牽制他……等拉開距離之後，我也會出手攻擊。」

「我這樣不會被爆炸波及嗎？」

「你自己會張設魔法屏障吧。還有為了保險起見，你記得用強化魔法增強一下體能。先做好所有能做的準備……那傢伙出來了喔。」

巨人型生物兵器用劍切開培養槽，並從切口強行掰開金屬，探出上半身來。

不過或許是起了什麼化學反應，巨人的皮膚一接觸到外界空氣，就有如灼傷般開始潰爛，冒出帶著噁心臭氣的煙霧。

「……開始腐爛了，太快了吧。」

「腐女那當然是～腐爛了啊。」

「不不不，我是在說那邊（巨人型生物兵器）那個耶？」

「這種時候你還胡說什麼呢。我啊～對那邊（同性戀）可沒興趣喔。抱歉，可是要說這種話題時你應該要慎選場合啊。別胡扯了，做好射擊準備。你知道怎麼用吧？」

「你居然用搞笑來回應我的搞笑，還沒打算把這個錯誤給導正回來？可惡啊！」

好色村有如在遷怒似地拿起M16胡亂掃射。

他一副想射光所有子彈的氣勢，但是發現子彈在途中就被看不見的牆壁給彈開了。

成功射進巨人體內的子彈，也在對方使肌肉膨脹並結合重生能力的作用下推出了傷口。

「什麼！他身上竟然有AT力場嗎？」

「哎呀～那應該只是多重魔法屏障吧。還是說你只是想說說看這台詞？」

「是說他已經整個身體都要走出來了，傑羅斯先生你還不開火嗎？」

「等退到出口那邊我就會擊發所有彈藥，因為榴彈的威力應該不小。」

巨人在濛濛升起的蒸氣之中站了起來。

全身約五公尺高，頭上沒有眼球，而是裝設了擁有感應器的機械，體型像是肌肉壯碩的老人。不知道是不是因為安裝在頭部的機械過重，巨人的身體前傾，讓大叔想著「他這樣會增加腰部的負擔吧」這種完全無關緊要的事情。

右手臂是一把駭人但造型粗獷的劍，左手臂則是與砲管融合，經由管線連接到背上的大型機械。恐怕是用來注入魔力的吧。

腐敗崩解的肉掉到地上，發出「啪嗒」、「啪嗒」的噁心聲音。

令人在意的是埋入他胸部的器材，中央的水晶裡有看起來像是心臟的東西。

雖然那裡不管怎麼看都是他的弱點，不過從他方才擋下了好色村的槍擊來看，應該無法輕易用子彈貫穿那裡吧。

而且身體明明正不斷腐爛，他重生的速度卻異常地快，立刻開始行動，朝著傑羅斯他們衝去。具有驚異的復甦能力且極為強韌。

『Gyoaaaaaaaaaaaaaaa！』

巨人的機械雙眼中燃燒著憎恨之火，瞪著傑羅斯他們發出憤怒的咆哮。

「不會吧……他已經能動了喔。」

「看樣子得想辦法封住他的行動呢。」

傑羅斯放開手上的兩把米爾科姆轉輪連發式榴彈發射器，抽出插在腰際兩側的短劍，也朝著巨人衝了過去。

巨人揮動右手的巨劍，連同周圍的培養槽一併摧毀，橫掃過來。

實驗受害者的殘骸與培養液噴濺四散，巨劍用驚人的氣勢逼近傑羅斯。

傑羅斯以比這一劍更快的速度跳起躲開，巨劍也幾乎在同一時間掃過他的正下方。

「就是現在！」

傑羅斯立刻用雙手上的劍連續使出攻擊。

他以神速砍向巨人的頭、肩、胸、手臂等處，巨人的身體卻超乎傑羅斯想像的硬，而且非常堅韌。

巨人的身體具有連劈砍的刀刃都無法發揮效用，堅不可破的硬度，感覺根本沒有肌肉應有的柔軟度。那實在不像生物肉體的手感令大叔不禁咂嘴。

他只能造成劃破表皮程度的傷害，傷口處噴出了銀色的體液。

「他們甚至做了將人體與生物金屬融合的實驗嗎？這個手感太奇怪了……既然這樣。」

大叔一翻身，在巨人身後落地，他這回打算瞄準人體的弱點，他幾乎貼著地面，有如在滑行般地衝刺，朝著某一個點全力揮下短劍。

『Gyoa？』

「我是砍不斷皮膚或肌肉，但繃緊的阿基里斯腱又如何呢？」

將魔力凝聚在劍尖一點上的劍刃，斬斷了巨人雙腳的阿基里斯腱。

企圖轉身的巨人就這樣因為無法繼續站立而倒下，悽慘地趴倒在地。

「你實在太可憐了，我很同情你，但是我沒打算要回應你的恨意。好色村，快趁現在拉開距離，跑到門口那裡去！」

「他不會出手攻擊我們吧？」

「好色村小弟，你這話就是在唱衰自己啊……」

大叔收起劍，邊跑邊撿起米爾科姆轉輪連發式榴彈發射器，兩人為了保持安全距離而朝著來時路奔去。

米爾科姆轉輪連發式榴彈發射器的榴彈威力強大，可是在有限的空間內擊發時，榴彈爆破的威力會朝著單一方向加速，連開火的傑羅斯他們都會遭到波及。

尤其在通道這種地方更是如此。

傑羅斯認為這時候最有效的手段，就是退到隔離閘門處，利用那裡的控制面板關上閘門的同時，往裡面射出榴彈。

「衝出閘門之後就躲到左右兩邊喔。」

「不是，他老兄……正用左手臂對著我們耶？」

「哈啊？」

生物兵器舉起左手臂，將砲管朝向這邊。

儘管通道還算寬敞，但因為兩旁設置了培養槽，兩人能逃跑的範圍有限。

看到砲管內側閃現紅色光芒的瞬間，兩人二話不說地跳離原處。

一道極粗的雷射光束同時通過中央。

留在通道上的融解痕跡一直線地延伸出去，散發出的熱浪刺激著皮膚。

「有、有夠驚險～……」

「竟然把那種高輸出武器裝在生物兵器上……太亂來了吧。這樣肯定會傷到本體。而且他還順手把控制閘門的面板給弄壞了……」

如同傑羅斯所說的，裝設在巨人型生物兵器左手臂上的雷射砲，從手臂的連接處冒出了肉燒焦的煙霧。

開砲產生的高溫甚至會傷害到自己，猶如一把雙刃劍。

但是巨人的重生能力已經開始治療他的燒傷，肉從內側隆起蠢動著。

「看來他沒辦法連續發射，那就趁現在……」

「要把機械埋進生物體內果然還是有困難嗎？沒辦法像科幻電影那樣呢。」

「戰略性撤退！」

傑羅斯和好色村拔腿狂奔。而且算他們走運吧，這裡不只有一道閘門。

巨人型生物兵器雖然想追上他們，動作卻因為方才的雷射砲擊高溫造成的自傷以及異常的重生能力而變得十分緩慢，導致他追不上傑羅斯他們。

二人穿過閘門後，躲在門的左右兩側。

傑羅斯從暗處一邊窺探追上來的龐大身軀，一邊敲打控制面板，企圖關上閘門。然而他觀察後的結論是照這樣下去，在閘門關上之前生物兵器就會追上他們。

「好，輪到米爾科姆轉輪連發式榴彈發射器上場了，炸爛他啦！」

「大叔……威力上沒問題吧？不會連我們都一起炸飛吧？」

「我不知道！」

真要說起來大叔根本沒有試射過，所以他也無法回答這武器的威力究竟有多強。

而且他這時候其實已經射出一發榴彈了。

大叔沒有特地瞄準，不過正好落在巨人腳邊。要說這是榴彈，爆炸的威力也實在是太強了，爆炸產生的火焰接連炸飛通道及兩側的培養槽，朝著兩人所在的位置逆流而來。

兩人雖然利用閘門前的死角躲了起來，仍被經過的爆炸火焰給吞沒。

要是他們沒有張設魔法屏障，此時已經化為黑炭了吧。

「……我覺得這威力很誇張欸。」

「我只是放了爆破的魔法術式進去來替代榴彈啊～我有控制威力了，可是威力好像還是出乎預料的強吶。哎呀，有時候也是會碰上這種事的啦。」

「別說這些了，那傢伙……」

在爆炸燃燒的研究設施深處，位於熊熊燃燒的火焰中蠢動的巨大身軀。看到這景象的兩人都不禁嘀咕「啊啊……果然如此」。顯然這巨人型生物兵器的魔法防禦力也不是普通的高。

大叔認為應該盡量削弱巨人的力量，在一舉擊出右手這把米爾科姆轉輪連發式榴彈發射器彈匣裡的五發榴彈同時，啟動閘門的控制面板，關上緊急防護用閘門。

「唔喔哇啊！」

好色村由於左右兩邊的閘門突然關上，驚慌失措地用難看的動作跳開，那模樣實在滑稽。

『剩下左手這把的六發榴彈……究竟能不能收拾他呢？』

「你要關閘門也跟我說一聲啊……嚇死我了。」

「只是湊巧而已。我在這門會不會動上面賭了一把，結果是我運氣好。」

「要是那傢伙就這樣直接掛掉就好了。」

「就說你沒事不要在那邊唱衰……唔喔！」

一把燒得火紅的劍突然從閘門內側穿出，腦袋差點被刺穿的大叔悽慘地滾倒在地。

閘門也因為高溫，從被劍貫穿的位置開始熔解。

「真的假的？把熱能劍當成標準配備……我從來沒聽過有人會在奇幻世界裡用生化兵器作戰這種事啊！」

「不是，就像人工生命體之類的，在奇幻世界裡也有類似的玩意兒吧。」

「別說這個了，到底要怎麼打倒這傢伙啦？他明明吃了等同於六記爆破威力的攻擊，卻還活跳跳的耶？」

或許是生物兵器在從內部攻擊吧，只見閘門上出現了無數龜裂，生物兵器正打算從化為焚化爐的研究室裡出來。

遊戲裡經歷過的敵人行動模式讓大叔非常清楚，一旦讓這種類型的敵人得到自由，便會陷入苦戰。所以他決定要設下圈套弄死這傢伙。但是機會只有一次。

「好色村，你有沒有辦法扛住一次他的攻擊？」

「你想做什麼？」

「在你扛住他攻擊的瞬間使用束縛魔法（縛鎖）。不管他再怎麼強壯，在超近距離下炸爛他的頭，他還是會沒命的吧。」

「ＯＫ，我試試……」

好色村從道具欄中取出大盾，傑羅斯則施放了束縛魔法「闇之縛鎖」和「白銀神壁」，並以延遲發動的方式維持在存放狀態。

閘門被劈開，燒得全身潰爛的生物兵器從中現身。

『Ｇｏｕｏｏｏｏｒａａａａａａａａａａａａａ！』

「出來了啊……」

畢竟他承受了等同於六發爆破威力的高溫吧，生物兵器身上的肌肉燒毀了不少，雙手上的武器和機械零件也都只是勉強還連在身上。

然而不知道他是怎麼使出力量的，只見他高舉有如巨大斧頭般的大劍，瞄準了眼前的好色村揮了下去。

「放馬過來啊！」

傑羅斯抓準好色村以大盾扛下攻擊的瞬間發動「闇之縛鎖」。用漆黑鎖鍊捆住生物兵器，封住了他的動作。

緊接著馬上將「白銀神壁」化為圓錐狀塞進巨人口中後，把手上的米爾科姆轉輪連發式榴彈發射器槍口直接插了進去。

「將軍。」

大叔喃喃說完這句話後便解除了白銀神壁，扣下扳機。

所有榴彈同時灌進了生物兵器的嘴裡，啟動內藏的爆破術式。巨人不僅頭部，整個身體都隨著一陣大爆炸給炸飛了。

這股爆炸的威力與衝擊也把傑羅斯和好色村給炸飛得老遠。

不過可能是因為大盾上附加了特殊效果吧，兩人受到的傷害並不嚴重。

由於大叔早就預料到會遭到爆炸波及，所以張設了魔法屏障，也拜此所賜，他平安無事，沒有受傷。可是用殘忍的手法打倒生物兵器，多少讓他心中有些罪惡感。

「喔喔喔……打、打倒……那傢伙了嗎？」

「哎呀～真是華麗的大爆炸呢。嗯，把他整個上半身都炸飛了。如果這樣他還可以重生，那就真的是怪物了。」

「別再說了，我想平靜地過生活，不想和人造怪物戰個你死我活啊。」

「跟法老男大姊相比，哪個比較好一點啊？」

「兩個都不好啦啊啊啊啊啊！」

巨人型生物兵器只留下機械零件，剩下的部分都被迷宮吸收掉了。

他對迷宮來說究竟是什麼，真的是個謎。

「……我們回去吧。」

「我已經不想繼續待在這種地方了。我暫時要老實的專心在我的護衛工作上。」

「我不覺得會從胯下長出菇菇的你會腳踏實地的工作吶。我想你遲早會因為說出『我的巴祖卡火箭筒更厲害喔』之類的話，然後被告性騷擾。」

「在大叔你眼中，我就是個負責開黃腔的角色嗎？」

「說到巴祖卡火箭筒，我在搜刮貨櫃的時候有發現巴祖卡火箭筒喔？還有看起來像是鐵拳（反戰車榴彈發射器）的東西喔～」

「你回我話啊你，喂！」

結果對傑羅斯而言，好色村就是個隨便對待也無所謂的玩具。

對自身待遇很不滿的好色村雖然抗議過很多次，然而大叔完全不理他，就像是黑心公司的老闆……

希望好色村也差不多該自覺到，他之所以遭受這樣對待，其實自己也該負點責任。

◇◇◇◇◇◇◇

用魔法把漂浮在殘留下來的培養槽內的實驗體全部燒掉之後，傑羅斯他們回到茨維特他們所在的位置，發現他們兩個全身上下都是煤灰。

看樣子是爆破的威力透過通風管逆流回來了。

「通風管啊……這還真是盲點。」

「……那個果然是師傅你們搞出來的啊！」

「我們的遭遇有夠慘的……天花板和牆壁突然噴出火來，你們究竟是在和什麼交手啊？」

「「妳問什麼喔……就生物兵器啊……」」

正確來說他們只是放棄長期戰，直接採用了靠火力強行解決對手的短期作戰。

儘管茨維特他們已經跑去避難了，仍是在不同樓層遭到爆炸餘波牽連的受害者。

「因為那種東西真的不能留吶，得徹底燒成灰燼才行。如果這裡的事情傳出去，可能會有人企圖製造出跟那些被展示出來的樣品同樣的玩意兒。」

「我覺得再怎麼樣誇張，也不會有人想效法那麼不人道的行為吧。」

「你太天真了，那些樣品全都是人類造就的結果喔。在探究知識與研究的名目之下，肯定會出現這種危險的傢伙。這座設施……不適合出現在這個時代。」

「老師也……老師也做過這麼不人道的實驗嗎？」

「有啊？主要對象是好色村。」

「「啊啊～……」」

「這個人居然直接說出來了！是說同志你們為什麼也一副可以理解的樣子啊？」

大叔的心中毫無愧疚。

不適合現在這個時代的前人遺物，還是立刻消除為佳。

「大叔你不也撿走了很危險的玩意兒嗎？你還好意思說這種話啊？」

「那是另一回事。真要追究起來，我又不打算大量生產，只要能滿足我個人的嗜好就好了。再說我也沒打算要賣給國家。」

『『『……這個人才是最危險的吧？』』』

就製造出危險物品的觀點來看，傑羅斯跟研究家沒兩樣。

只是傑羅斯不會大量生產，行動單純是為了滿足自己的嗜好。

他這種家裡蹲特質跟近年來魔導士派系下的魔導士一樣，兩者之間決定性不同的在於傑羅斯不會誇耀自己的成果，他只要自己爽就夠了。

追根究柢，他跟派系魔導士之間的技術力就有決定性的差異，即使魔導士們想重現過去的研究成果，也做不出零件，這樣起碼可以拖上個幾十年的時間吧。

大叔沒興趣介入魔法這門學問及技術的發展，也沒打算把資料留傳給後世。

不過經由矮人之手確立製造戰車或飛機技術的可能性很高，他覺得這也只是遲早的事。

「簡單來說，會造成大規模災害的過去遺物不可以留存在這世界上～就這個層面來看，大叔我只是基於興趣做一個來玩玩，很安全吧？」

「老師……你這樣尋求我們的同意，我也不知道該怎麼回答耶。」

「畢竟大叔本人就像是最終兵器了嘛～相較之下是比較安全……是這樣嗎？」

「我可以理解要摧毀這座設施的原因……但是迷宮又把它複製出來的話該怎麼辦啊？師傅你還要再

來破壞掉嗎？」

「到時候……也就只能看著辦了。我也不是負責收回、封印古代危險物品的特殊部隊成員。現在只是因為這設施剛好出現在我面前，而我判斷這裡很危險，決定破壞掉罷了。」

大叔可不打算每當迷宮複製出危險的設施，就一一跑來破壞。

如果是德魯薩西斯公爵或傭兵公會指名委託他處理，那又是另一回事，可是他沒道理要基於慈善精神扛下處理的責任。

他們邊談論著這些事邊走出設施之後，一股濕悶的熱氣灼燒著他們的皮膚。

「好色村，你跟他們兩個先往回走好嗎？我會在破壞這座設施之後追上你們。因為我要不客氣地下重手，希望你們可以至少走回三樓去。」

「了解。是說外面好熱啊……設施裡面明明很涼快的。」

「因為裡面好像有空調在運作啊……」

「大叔……你要控制一下威力喔？我是認真的拜託你……」

「如果不下重手，沒辦法連地下設施都破壞掉吧？基本上我還是會控制一下啦……」

儘管心中懷抱著一抹不安，好色村還是帶著茨維特和瑟雷絲緹娜朝著他們來時經過，類似發電廠散熱設施的建築物走去。

沒事做的傑羅斯依據好色村等人的行走速度以及原先走來的路線大致的距離，在地面上寫下算式，計算施放魔法最理想的時間，靜靜地等待著。

雖然他很快就算出答案了。

而且這個區域是熱帶雨林。明明是位於地底下的寬廣空間，卻連局部性暴風都出現了。突如其來的暴雨連傑羅斯都招架不住。

在等雨停的時候，傑羅斯坐在棄置於廢墟中的桌子上，什麼事也沒做，就只是看著懷錶打發時間。

儘管等待中的這段時間感覺無比漫長，不過他等著等著，也突然冒出了『在大雨之中等著施放大型魔法的魔導士，這畫面好像也滿帥氣的嘛？』這種有點愚蠢的想法。

『應該差不多了吧？』

傑羅斯闔上懷錶的蓋子起身，走出廢墟，在下著小雨的叢林裡前進。

他要使用的魔法是在威力方面數一數二的「暴食之深淵」。

雖然是利用重力崩壞帶來的破壞力，讓廣大範圍內的物體全部消失的強力魔法，不過跟同類型的「闇之審判」相比，這招還算是客氣的了。

然而在洞窟化為異空間的這個區域裡使用重力崩壞魔法會造成什麼後果，唯有這點是未知數，也讓大叔內心留下了幾分不安。

「更重要的是魔法的效果有沒有辦法達到地下深處……嗯，不試試看也不會知道吧。好了，那就開始吧。『闇鴉之翼』……」

大叔利用飛行魔法飛到空中後，毫不保留地提升魔力，瞄準從方才調查出的研究設施構造來看，最能達到理想效果的設施中央附近。

由於重要的設施位於地下深處，如果要確實地毀掉設施，必須要連同地面上的部分一起徹底剷除。

如果只是炸出一個隕石坑那還好，但在最糟的情況下，搞不好會讓迷宮開出一個大洞。

他只能祈禱這個亞熱帶異空間不會被他弄壞。

『魔法轟下去就立刻撤退。要是被自己使出的魔法波及那可不好玩啊。』

雖然距離魔法實際發動多少有一點時間差，然而一旦發動，魔法的威力便會產生無與倫比的破壞力。與其他魔法相比，這名為「暴食之深淵」的魔法完全不是同一個檔次的。

用了的話，施術者也毫無疑問地會在魔法的效果範圍內，所以他得立刻盡全力逃離此處。就某種意義上而言，說它是自爆魔法也不為過。

「要讓威力達到地下深處，需要多少魔力啊？就算失敗，也只要讓其他人無法從地面上進入地下設施就行了吧。接下來就是祈禱叢林可以徹底掩蓋這座設施了。」

最後還是得靠運氣。

大叔將魔力集中在手上，從潛意識領域抽出壓縮過的術式，讓漆黑的方塊顯現之後，開始啟動術式，方塊漸漸地散發出藍白色的光芒。

傑羅斯謹慎地估測注入的魔力，藉此調整魔法的威力。可是在魔法正式發動前他無法得知會有怎樣的結果。這部分真的不是憑感覺就能處理的問題。

「這是我第幾次用這個魔法了呢……去吧，『暴食之深淵』！」

大叔將漆黑方塊朝迷宮複製出來的設施扔去，並立刻解除飛行魔法落地。

落地的瞬間，他立刻朝向通往樓上的路線全速狂奔。

再下一秒，閃閃發亮的方塊遵循設定好的術式，發動了魔法效果。

超重力力場不僅吞噬了地面的土壤，也吞噬了周遭的樹木及建築物，在急速成長的同時逐漸沉入地下深處。

傑羅斯連看都沒看這些景象一眼，只顧著拚命地逃跑。

最後，連光都能吞噬的超重力力場引發崩壞現象並內爆，蘊含著足以炸飛周遭一切事物破壞力的衝擊波，狂掃地下的熱帶雨林。

「要趕上……要趕上！要趕上啊啊啊！」

衝擊波從後方逼近。

大叔死命地逃進像是核能發電廠散熱口的建築物內，並直接朝著上層前進──就在這時候，建築物開始劇烈搖晃。

天花板和牆壁掉落下來。

想必是這棟建築物的外牆開始崩塌了。

在傑羅斯一腳蹬上螺旋階梯的扶手，反覆跳躍，以最短的距離逃跑的途中，他看到了。

不僅建築物，而是這整個空間本身崩塌的模樣。

那感覺就像是一切事物都有如慢動作播放般在運行，只有傑羅斯用高速行動著。

他拚命抵達樓上的瞬間，宛如有一道看不見的屏障，把暴食之深淵的破壞浪潮擋了下來。

簡直就像是一公分外就是別的世界一樣，有道那樣的界線擋下了衝擊波。

『這、這種現象……是怎麼回事……』

迷宮的各個區域透過坑道或通路連接在一起，如果在區域邊界附近發生爆炸，衝擊波應該會往樓上和樓下兩邊竄去。簡單來說就像是隧道。

然而這次的衝擊波卻被看不見的界線給擋住了。

恐怕他只要跨過這個界線一步，就會受到暴食之深淵的效果波及吧。

『這算是迷宮的自我防衛作用嗎？我之前用「煉獄炎焦滅陣」的時候明明沒發生這種事啊……利用空間斷層來隔絕內部發生的異常狀況？不會吧，這界線比一張紙還薄耶。』

簡直就是神技。

看來是迷宮事先準備好對策，來因應會破壞空間的魔法了吧。

「Unbelievable～……世界充滿了神祕吶。」

如果說迷宮早已準備好因應對策，那應該是等同於睡懶覺的睡衣神的創造者，也就是前任觀測者準備的吧。神究竟已經預料到了什麼程度，真是深不可測。

傑羅斯就在這樣的狀況下，持續觀察著眼前這個將一定大小的空間扭曲並擴張後打造出的世界步向崩毀的模樣。

「還是盡量不要在迷宮裡使用重力系魔法好了。感覺之後會很可怕……」

熱帶叢林區域就此消滅。

崩毀的世界最終收縮，回歸虛無，等到隔開空間的界線消失時，他眼前只剩下通往下層，傾斜向下的坑道。

宛如那片熱帶雨林打從一開始就不存在——

『回去吧……就算再受罪惡感苛責，造成的事實也不會消失。』

大叔彷彿想要忘掉討厭的事情，點起一根菸後再次開始移動。

同時在心裡想著，他暫時不想再來這裡了……

◇◇◇◇◇◇

穿過全是岩石表面的洞窟後，他抵達了一座純白迷宮。

排列整齊的大理石柱被仔細地打磨過，像是現在還有人在保養一樣。而用加工過的石材搭建成的迷宮牆壁和石板地，顯然是高度文明所殘留的痕跡。

假設迷宮真的是利用這世界的歷史資料來構成各區域的話，那用來構成這區域的原有文明還真令人在意。

穿過宛如這美麗迷宮上唯一的傷痕般的開闊通道之後，只見兩個徒弟和好色村正在那裡等著傑羅斯回來。

「喔，傑羅斯先生回來了喔。」

「師傅。」

「老師。」

在等待大叔的兩人跑到傑羅斯的身邊。

看來只有好色村一點都不擔心傑羅斯。

「我回來了，你們有碰上魔物嗎？」

「這個區域的魔物大多是哥布林和魔像。好色村一個人就把牠們全都解決掉了。」

「魔石就算了，留下這堆石頭也很傷腦筋呢。這些東西要怎麼處理啊？」

「因為都是些很弱的魔像，我還滿輕鬆的就搞定了。大叔你那邊怎麼樣？總覺得傳來了很驚人的地鳴聲……」

「一切都很順利的處理好了喔。不好意思讓你們等了半天還說這種話，不過我們差不多該回地面上去了。我現在覺得各種疲憊……」

比起摧毀危險的研究設施，消滅一個廣大的世界更讓大叔產生了強烈的罪惡感。

儘管他在此同時也見識到了迷宮的奇妙之處，但那種事情現在不重要。

「……能平安回去就好了。」

「好色村，你不要說這種話啦。要是真的回不去該怎麼辦啊。」

「好色村先生一旦開口，感覺就會一語成讖呢。」

「畢竟他很擅長唱衰自己啊。」

「你們對我的態度也太過分了……好好珍惜我啊！多誇我一下，對我好一點嘛！」

「「「不要（恕我拒絕）。」」」

結果好色村還是沒得到重視。

他那散發著幾分哀愁的背影，簡直像梅雨季節的潮濕空氣那樣陰沉又煩躁。

於是他們四個人就這樣順著來時路，幸好沒有真的被好色村唱衰，平安地回到了地面上。

「真、真的假的……原來醬油跟味噌就近在眼前……可惡，早知道就不該跑去妓院和賭場的！」

……勝彥後悔莫及。

這個世界基本上是以西洋文化構成。

主食是麵包，肉類料理也大多會以香料調味，湯品也多半是以肉類或骨頭熬煮而成，容易帶有腥味，為了去腥又會加入更多香料來調味，味道也必然會變得更為濃烈。

然而這是指相對富裕或是中產階級家庭的飲食狀況。

說起一般民眾的飲食，主要都是鹽漬肉配上只有一點點鹹味的湯，再配上蔬菜來攝取所需的營養素，基本上都是只能填飽肚子的料理。

這種除了味道很重或是很清淡之外根本毫無差異的料理，對來自異世界的人而言，雖然不到不能接受，但也實在無法滿足他們的味蕾。每次吃飯都只會累積更多的壓力。

不，這種時候應該說異世界人對飲食太挑剔了才對。

索利斯提亞公爵領是貿易都市，能用比其他地方更合理的價格買到辛香料，也因此出現了一些相對美味的餐廳而聞名。

除了索利斯提亞公爵領地和王族之外，其他各個貴族領地基本上都差不多。

「你會做飯喔？之前在郊外野營的時候你根本沒幫忙過耶。」

「只是簡單的煎個肉或煮味噌湯之類的我還做得來，這小學就學過了吧。是說妳為什麼沒有告訴我啊！」

「我也是聽傑羅斯先生說才知道的啊……這是我答應在餐廳請他一道菜才得來的情報。」

「那個大叔沒打算免費提供我們情報喔……」

「情報有時候可是比錢更有價值喔？他怎麼可能會輕易地就告訴我們。」

在通訊網路尚未發達的文明社會中，情報非常重要。

不，應該說就是因為通訊網路尚未發達，才會造成若是沒有得到第一手情報，便有可能會因此送命的狀況。所以大家才會用盡各種手段來獲取正確的情報。

尤其是與其他國家的政治情勢相關或是在商人之間流通的情報。這些情報攸關國家命脈與民眾的生活，情報販子也很清楚這些情報的價值，才會收取對應的代價。

某位公爵也是為了獲得第一手情報，才會自己成立商會。

雖然經營得太好，結果成了不管檯面上還檯面下都赫赫有名，國內少數的大商會就是了……

「田邊你連商人都當不成呢。輕視情報是足以致命的行為，而你就連善用情報部門拚命收集來的情報都不會，與其說你沒有這方面的才能，不如說是因為你太笨了吧……？」

渚認為正是勇者的地位，造就了勝彥這種的愚蠢之徒。

正因為被帶來了異世界，所以渚至今為止都非常重視情報，並且為了盡可能地獲得更多正確的情報而行動。可是勝彥不一樣。

他就只是接受並仰賴梅提斯聖法神國給予他的一切，放棄自主思考。也可以說就是因為他基本上是個怠惰的人，才會落得容易遭人利用的下場。

習慣了國家賦予他的特權，一旦來到外界就無法好好生活，也無法改掉愛亂花錢的壞習慣。

而且他這個當事人還不知反省，真的是沒救了。

「就你這個隨波逐流的態度，也當不成傭兵呢……」

「那個，我現在有好好在當傭兵啊……」

「你覺得不重視錢和情報的人，可以順利的在這個世界生存下去？還有不要總是下意識地想要利用別人，被你這種人纏上真的很煩。」

「嗚……」

「嗚……你個頭。而且你這個雞腦，我不管跟你說什麼你都會馬上忘記，你該不會認真覺得自己這個樣子，往後還是可以順利過活吧？」

沒有比失去信任的垃圾更悽慘的人了。

雖然渚原本就不相信勝彥，所以他已經不只是悽慘，甚至顯得有點可憐了，不過沒人想要幫他。

從他過去的行徑來看，勝彥也只能支支吾吾地說著「被妳這樣說，我也很難過啊……」這種話。

他總是喜歡把事情丟給別人去做，但是未必會一直都有人在他身邊，幫他蒐集情報並分享給他。就好比說以前負責蒐集情報的神官們現在就不在這裡。

如果他不學會靠自己蒐集並判斷情報真偽的技能與知識，將來總有一天會被嚴酷的現實給壓垮吧。這裡是個愚昧且不知長進的人難以生存下去的世界。

「我可以預想得到，田邊你在橋下抱著酒瓶，埋在垃圾堆裡的腐敗屍體遭人發現的模樣。」

「妳居然說得這麼斬釘截鐵！」

渚無視勝彥的哀號，環顧傭兵公會內。

職員們與傭兵們依然忙碌地來來去去。

在緊張的喧囂聲中，渚卻一副事不關己的樣子，茫然地望著眼前的景象。

「巴贊他們回來了嗎？」

「不，還沒回來。」

「因為有塊從沒看過的區域突然出現，我覺得不太妙，就直接撤退了，可是『金色酒』那幫人又繼續前進了。我有阻止過他們喔？可是那些傢伙……」

「那幫傢伙的目的是賺錢啊。看他們到現在還沒回來，恐怕是凶多吉少……」

「我的夥伴中有人變成了蘑菇人，還出手攻擊我們，我也是死命逃回來的……不是我拋下了他們。而是他們變成那個樣子，我也無可奈何啊……」

「虧我還特地買了地圖，結果現在根本派不上用場。虧大了！」

「又要從零開始重新探索喔？饒了我吧……」

對傭兵們而言，這次的大規模構造變化簡直是一場災難。

至今調查過的部分全都成了白費工夫，經營小團隊的傭兵也失去了可以派遣的人才，得花上一段時間才有辦法重新營運。

儘管有不少本事還不錯的傭兵，不過在這些傭兵當中，能夠博得信賴的人卻是少數，接下來將會發生激烈的搶人大戰吧。

要填補失去的人才空缺是件難事。

渚聽到這些對話內容，更是深刻地體認到自己沒走上專業傭兵這條路真是太好了。

『差不多該回旅館了……』

渚抵達阿哈恩村後，早早就訂好了旅館。

雖然她預定要當天來回，但根據過往的經驗，跟勝彥一起行動時，事情從來不會按照預定進行，所以她才為了保險起見先去訂了房，只不過這很傷荷包。

渚無視不知何時點了麥酒來喝的勝彥，靜靜地起身，打算離開這裡，卻在這時看到了認識的人。

那個人似乎也發現了渚，只見對方帶著輕佻的可疑笑容，朝這邊走了過來。

「嗨，一条小姐。看來妳平安回來了呢。」

「傑羅斯先生你也是，辛苦你了。好像還有很多傭兵沒回來，這裡還是一團亂就是了。」

「畢竟也是有遭到魔物襲擊，成為迷宮糧食的犧牲者啊，光是能活著回來就很了不起了。不過我原本是打算要當天來回的，所以沒訂房，這下只能在郊外野營啦。」

「你們有遇到受害者嗎？」

「有吧……（嚴格來說是遭到無人兵器殺害的就是了。）」

渚覺得自己好像聽到了什麼危險的發言，不過她決定刻意不去深究。

感覺再問下去會惹上麻煩，直覺讓她選擇迴避這個問題。

「今天的運氣真差。回來的路上也碰到因為森林大火而整片都在燃燒的區域。要穿過那裡真的費了我們一番工夫呢。」

「啊啊……嗯，是有那種區域呢……大叔我年紀大了，在廣大的區域裡跑來跑去，也實在是累了啊。哈哈哈……」

感覺傑羅斯好像想刻意隱瞞某些事情，不過渚也選擇忽視這點。

她不知道這個可疑的大叔到底做了些什麼，但是就是有種一旦知道了絕對會後悔的感覺。她擁有極為優秀的躲避危機能力。

「我有聽到公會說近期內可能會封閉這座迷宮。」

「考量到安全層面，公會確實該這麼做。雖然這樣探索工作就得交給公會僱用的傭兵來進行，可是那些缺錢的傭兵會不會真的照指示去做又是個問題了呢～」

「嗯，因為總是會有些不守規矩的人。你接下來要去報告嗎？」

「我會把我知道的事情統整後報告上去，避免造成負面影響。雖然我對迷宮也產生了不少疑問，不過我畢竟不是專家，也拿這些問題沒轍。」

「畢竟迷宮在許多方面都破壞了自然法則呢。」

「真的就像妳說的一樣。那我要去進行麻煩的報告了～你們也好好休息吧。」

渚目送揮手離開的傑羅斯背影遠去後，便把勝彥丟在傭兵公會裡，速速立刻動身前往事先訂好的旅館。

獨自留在原處的勝彥過了一會兒才發現渚早已不見人影，勝彥雖然拚命地尋找她投宿的旅館，卻上演了被人當成可疑分子趕走的戲碼。

據說勝彥對著入住單人房的渚哭喊著「念在我們夥伴一場，讓我一起住啦！我不想露宿在外啊～」結果被旅館老闆給轟了出去。

勝彥就是個死都不會反省自己的廢人。

『啊，不過畢竟那幫傢伙是神，好像也能理解好色村的遭遇……』

如果原因出在掌控這世界的四神身上，大叔就意外的能夠理解了。

那些傢伙沒責任感又不把人類當一回事。不過說到不把人類當一回事這點，其實身為正統繼承者的小邪神也一樣就是了。

最後大叔判斷好色村之所以會獲得奇怪的稱號，是他本人的行為造成的結果。也由於大叔擅自認定是這樣了，後來他也就沒再多說些什麼。

傑羅斯將目光從煩人地唉聲嘆氣的好色村身上挪開，發現茨維特與瑟雷絲緹娜兄妹正好剛從旅館回來。

「老師，讓你久等了。」

「哎呀～洗得真舒服……是說好色村那傢伙在哭耶。師傅，他是怎麼回事啊……」

「茨維特，別問了……好色村現在正在受不講道理的人生給折磨著。」

「「？」」

雖然好色村一臉苦悶地獨自在一旁自怨自艾，不過這對兄妹心想著『反正又是什麼無聊的事情吧』就接受了這個事實。

都怪他平日的作為在日積月累之下，在壞的意義上招致了這樣的結果。

「瑟雷絲緹娜小姐和茨維特，你們兩個還是早點休息比較好。等需要守夜的時間到了，我會跟好色村輪班守夜。不對，讓好色村守夜沒問題嗎？畢竟他有前科，很有可能會趁我們不備時做壞事……」

「放好色村一個人守夜，他有可能會夜襲瑟雷絲緹娜嗎……完全無法安心啊。」

「那我跟哥哥也一起輪班守夜嗎？我也不希望只有我們有特別待遇。」

「嗯～要是這事讓克雷斯頓先生知道，我可能就要小命不保了，守夜工作還是讓我們幾個男的來輪班吧。時間要怎麼分配呢……」

「每三個小時換班一次就可以了吧？反正我們只要能在明天中午前離開村子就行了。還有，請不要把我當成性侵犯。」

明明有三個男人，還要讓瑟雷絲緹娜一個女孩子負責守夜，這實在有損他們的評價，所以三人決定由男人們來負責守夜。

雖然瑟雷絲緹娜也堅持說「怎麼可以只有我有特別待遇……」而遲遲不肯讓步，然而三個大男人看到浮現在她身後的疼孫女老爺爺的幻影，還是想辦法勸退了她。

如果被克雷斯頓知道他們讓瑟雷絲緹娜一起輪流守夜，他一定會有意見。

只要扯到孫女，這個老爺爺就會變得很難搞。

「既然你們回來了，我們來吃晚餐吧。今晚吃飛龍培根蔬菜湯，還有拿麵團去窯烤後製成的印度烤餅。」

「也有荷包蛋耶。這個像培根的東西是什麼？」

「是用龍王的肉製成的柔軟肉乾……建議你們把這個、蔬菜和荷包蛋一起夾在印度烤餅裡，擠一點『男子漢美～乃滋』，然後一起吃比較好吃的啦。」

「你為什麼要突然加上奇怪的語尾助詞裝老外啊？覺得這樣講話就像外國人，我認為這根本是日本人的偏見。」

「不要在意那種小～細節啦。吃飯，吃飯，趕快吃飯！」

四個人坐在星空下的帳篷前用餐。

但是……

「這肉乾是很好吃沒錯……」

「但滋味果然還是輸給了美乃滋……」

「大叔……這美乃滋真的太要命了。要是這玩意兒真的拿出去賣，後果不堪設想吧……」

「連這肉乾也壓不過美乃滋的風味嗎……我搞不好可以利用這美乃滋征服世界呢～畢竟這烙印在腦中的衝擊感會令人上癮啊。」

今天第二次享用的「男子漢美～乃滋」，只讓人覺得這是一種強大的食物兵器。

光靠這美乃滋的味道，便足以讓人忘記今天是怎麼度過的。

儘管這超乎常理的美味會造成有如吸食毒品般的成癮與依賴性，可是除了吃太多不好之外，完全沒有其他會對健康造成不良影響的要素。而且還具有可以靠風味戰勝所有料理的破壞力。

老實說，說這美乃滋是廚師殺手也一點都不為過。

「不可以拿去賣喔？絕對不可以拿這個美乃滋去賣喔？這玩意兒美味到了要是拿去賣給其他國家，會引發美乃滋戰爭的等級啊。」

「你講得太誇張了吧，好色村。嗯……我還是去找德魯薩西斯公爵商量——」

「「「（請你）千萬不要！」」」

美乃滋引發的侵略戰爭，沒有比這個更和平又更難搞的戰爭了。

畢竟它就只是好吃而已——真是罪孽深重的調味料啊。

「你們不覺得『兵器級的美味』這樣的廣告詞很棒嗎？」

「師傅……就說這後果不堪設想了——」

「這可不是能流通到一般市面上的美味。畢竟這味道真的跟武器沒兩樣。」

「感覺後世的戲劇演員有可能會一手拿著美乃滋，嘴裡說著『我要趕走……所有的料理，讓它們一道也不剩』之類的台詞呢。這可會在史上留名喔，雖然我不知道那到底會是怎樣的一齣戲。」

「我可是很希望能夠回應你們的這份期待呢。首先把量產出來的美乃滋送到隔壁的宗教國家……」

「「「住手啦！」」」

隔壁已經是個瀕臨滅亡的國家了，傑羅斯倒是很有興趣來實驗看看，是否真的能用美乃滋讓那國家滅亡。如果是德魯薩西斯公爵，很可能會半是好玩的決定將這計畫付諸實行。

反正那是個信奉不負責任女神的國家，大叔早就想把它給滅了，可是要準備大量材料所需的咕咕蛋，是件極為困難的事。狂野咕咕雖然是弱小的魔物，但牠們的脾氣非常火爆。

飼主和咕咕之間將會爆發慘烈的蛋蛋爭奪戰，而且讓烏凱他們這種特異的咕咕持續增加，也很傷腦筋。

「開玩笑的。讓我們家的烏凱等這種不合常理的變異品種增加也不好吧，雖然我個人是覺得很遺憾，不過也只能放棄了。啊啊……真是可惜啊。」

『師傅真的對利用美乃滋滅國有興趣嗎？』

『他看起來是真心感到遺憾呢……』

『那種咕咕還會變多？那會是怎樣的諸神黃昏啊？是說大叔……他到底多想毀滅隔壁的宗教國家啊？』

儘管正在談論相當危險的話題，可是除了傑羅斯以外的三個人都下意識地將手往美乃滋伸了過去。一旦嚐過這個滋味後就停不下來了。

「呵呵呵……不過看著你們我就確定了。如果把『男子漢美～乃滋』拿去梅提斯聖法神國拋售，量產出會說著『給我美乃滋……多少錢我都願意出，賣我那個美乃滋……』的人肯定也只是遲早的事！真是乾淨無害的侵略戰爭啊。不覺得光是想像就很有意思嗎？」

『『『他不是放棄了嗎？是說這種戰爭真討厭……雖然的確是不會流血的戰爭……』』』

美乃滋中毒的民眾有如殭屍一般徘徊街頭。

因為實在太好吃了，變得只願意吃美乃滋，無法攝取別種食物而身形削瘦，然後也因為美乃滋的產量有限，導致特權階級獨占了美乃滋。

如果讓人知道自己手中握有美乃滋，暴徒便會大舉入侵，民眾們嘴裡全都叨唸著『美乃滋……美乃滋～……』或『美乃滋……好吃……』之類的話，有氣無力地為了追求美乃滋而徘徊街頭。

最終國內變得一片荒涼，政治經濟都出現問題，緩慢但確實地步向滅亡。

這樣的光景閃過三人的腦海中。

「不不不，這哪裡是乾淨的戰爭啊！要是出了什麼差錯，他們可是會為了美乃滋而攻過來的喔？」

「大家會為了美乃滋而引發流血衝突的！大叔你想得太美了！」

「不行……手停不下來。這樣下去我們也會美乃滋中毒……」

「再怎麼說，一直吃美乃滋還是會吃膩的吧。」

「「「你太小看這個美乃滋的破壞力了！」」」

對大叔而言，「男子漢美～乃滋」只是味道比較獨特的一般美乃滋。

或許是因為傑羅斯已經習慣這味道了，可是對於除了他以外的人來說，這美乃滋可是美味到了足以造成人生致命傷的程度，可以想見一般人光是吃一口就會為此著迷。

三人憑著直覺理解到這美味足以毀滅一個國家，一旦上癮，接下來只會步向地獄。然而他們儘管為此戰慄，仍無法停下不斷拿起美乃滋猛舔的手。

「別說這些了，我們快點吃吧。吃完還要收拾呢～」

「「「我已經不想再吃除了這個美乃滋之外的東西了耶？」」」

說不定已經太遲了。

◇◇◇◇◇◇

用完餐後，傑羅斯先讓另外三人去休息，獨自守夜。

茨維特和好色村在火堆旁睡睡袋，瑟雷絲緹娜則是睡在帳篷裡面，偶爾還能聽到好色村說著「男大姊……男大姊來了！」之類的夢話。

大叔不免有點在意他到底夢到了什麼。

「又是地鳴啊……這座迷宮到底要改變構造多少次啊。也看不出有什麼規律，唯一知道的只有這迷宮現在非常不穩定。」

地下直到現在依然不斷發生變化，今後將會造成什麼問題仍是未知數。

畢竟這裡離桑特魯城很近，大叔是很希望這異常狀況能盡快平息下來，但這既然是自然現象，他也只能等時間解決一切。

『時間將會解決一切……是嗎？仔細想想，來到這個世界之後，我是不是在短時間內扯上了許多麻煩事啊？感覺我過著跟慢活相去甚遠的生活啊～……』

原本只是輕鬆的農業生活，卻在不知不覺間成了徹底投入個人嗜好的創作生活。

偶爾還會有「呀呼～」的狀況發生。

就某種意義上而言，這樣的生活是很充實，不過傑羅斯在做的事情說穿了也就是隨便打打工，還有只做自己喜歡的事情，跟尼特族沒兩樣。

明明一把年紀了，卻還過著毫無計劃性的軟爛生活。

『是否該認真規劃一下未來的人生了呢……』

他抬頭仰望星空，同時叼起一根菸點燃。

傑羅斯沒有發現，自己就是一個只願意順從嗜好而活的人……

沒發現自己有著即使想要認真思考將來，也會馬上被其他事情吸走注意力，乾脆地轉換方針的個性……

這個大叔比起努力就會得到回報的社會人士生活，自給自足的生活反而更令他感到充實，事到如今他也不會想要再跳回社會的大風大浪之中了。

他沒有察覺到自身的墮落，思考著只有此時適用的空泛人生計畫。

隔天早上，一行人發現勇者「田邊勝彥」邊哭邊睡在火堆旁邊。

據說是好色村半夜邀他過來的。

用完早餐之後，傑羅斯等人和兩位勇者一同踏上了返回桑特魯城的歸途。

◇◇◇◇◇◇

在傑羅斯等人野營過後的空地地下深處……

比廢礦坑迷宮還要深的地方，「那個」動了起來。

至今為止因為失去了供給魔力的來源，對「那個」建構或擴充自身打造出的領域工作造成了影響，不過「那個」發現這幾天的情況有逐漸好轉。

過去連接的網路也稍微修復，「那個」也開始進行跟之前停止活動，散落於世界各處的同類共享、交換、考察情報的工作。

不，不僅如此，「那個」也理解到作為自身源頭的存在已經開始活絡地活動了起來。

「那個」——情報收集體「迷宮核心」與被稱為「世界樹」的行星環境管理系統「尤克特拉希爾」在經年累月後，終於再次甦醒，從共享的情報中計算出要打破現狀需執行的必要流程，並規劃可實行的最理想方案。

關係到後續的世界重生以及大迷宮誕生的事態已經開始有了動靜，然而現在生活在地上的人們仍尚未有人察覺到此事，唯有時間靜靜地流逝而去。

除了觀測者「阿爾菲雅．梅加斯」之外……

第七話　亞特失業

亞特在協助開發魔導式四輪汽車後，不知為何也得去協助開發魔導槍，不過這項工作也告一段落，讓他閒了下來。

由於他主要是負責打造擊發子彈的裝置，一旦做好刻有魔導術式的模具，他就沒事做了。而同時在進行開發的魔導式四輪汽車用魔導式馬達的磁力發生術式基板也一樣，只要有模具，矮人們就會自己做出成品了吧。

甚至還有可能會著手改良。

雖然在索利斯提亞派的工坊裡，魔導士們現在還是被操得很凶，但是亞特沒打算要主動踏入那個悽慘的勞動環境裡。他往後一點都不想再跟那些渴望從工作中獲得快樂的矮人扯上關係了。

而他現在整天就顧著疼女兒華音，然而卻被莉莎和夏克緹用充滿了『大白天的就過得這樣軟爛，還真爽呢，我們可是在拚命工作耶……』這種情緒的目光（也可說是無言的壓力）盯著，覺得自己不管待在哪裡都很不自在。

他因此體悟到了「男人只要沒有工作，在家裡就會很不好過」這件事──

「唉～……我也該學傑羅斯先生開始務農嗎～感覺過著自給自足的生活比較輕鬆啊。」

和他同樣是轉生者的傑羅斯看起來過著相當悠然自得的生活。

想工作的時候就工作，想玩的時候就玩。

感覺他充分地享受著自由，從亞特的角度來看真的相當羨慕。

『仔細想想，我們等於是在這個世界裡掀起了技術革命呢～根本從頭到尾都在搞應該要避免的技術作弊行為啊……聽說汽車的專利費也會撥一部分給我，所以我在不久後的將來應該會收到一筆錢，不過心情還是有點複雜……』

以他和索利斯提亞公爵家的暗中交易為契機，伊薩拉斯王國現在正在矮人建築專家的監督之下，趕工建造用來製造魔導式四輪汽車零件的工廠。

儘管他有點在意今後的技術發展會對國家造成的影響，但對亞特來說，自己的家庭生活更為重要。於是他為了討論今後自己該採取的方針，前來拜訪了傑羅斯。

『不管什麼時候來，都覺得這景象真不得了。』

儘管一如往常，亞特還是覺得雞正在練武的景象很詭異。

更別說他看到了一群小雞站成了一排，在練習揮直拳。

而且牠們還熟練到了揮拳會發出衝擊波的程度。要是這麼誇張的雞持續增加，真難想像會引起什麼樣的騷動。

由於飼主也基於好玩地在訓練牠們，可以想見未來會鍛鍊出強得誇張的雞。

甚至讓人擔心牠們會不會變成人類的敵人。

『話說回來，我之前在從工坊回到別墅的途中，好像有看到小雞們收拾了麻煩的醉漢……放著這些傢伙不管真的好嗎？』

亞特之前曾經在從索利斯提亞派工坊回家的途中，目擊到成群的小雞正在痛揍一群小混混的場景。

因為他當時被矮人工匠灌了一堆酒，一開始還以為自己是看到了幻覺，然而這些凶猛的生物就在眼前，成了他無法否定的證據。

桑特魯城的舊街區已經化為猛獸徘徊的危險地區了。

既然大雞是武鬥派，小雞自然也是武鬥派。

這些雞已經不再是弱小魔物了。

一隻格外巨大的雞一邊做假想敵訓練，一邊從正在思考著各種事情的亞特前面跑了過去。

「喔，來得正好。烏凱。」

「咕咕？（什麼嘛，這不是師傅的朋友嗎？）」

「傑羅斯先生在家嗎？」

「咕咕咕咕。（師傅在家喔，似乎在地底做些什麼。）」

「地底？啊啊～是說那裡啊。」

亞特來過傑羅斯家好幾次，也因為阿爾菲雅的事情知道他家有間地下室。

只不過小邪神都已經復活了，亞特不認為大叔還有需要用到那裡。

他應該已經不需要特地躲起來做什麼事了才對。

「咕咕，咕咕咕咕咕。（年輕人似乎也來了，不過他們好像正一起在做些什麼。）」

「年輕人？是誰啊。」

「咕咕咕咕。（我記得師傅是叫他好色村。）」

「啊啊～……」

好色村，跟傑羅斯和亞特一樣是轉生者。

亞特有聽說他跟杏在當茨維特的護衛，不過沒怎麼跟他說過話。

說起來好色村只負責茨維特在伊斯特魯魔法學院裡的護衛工作，既然茨維特都回到老家了，護衛就變成了其他騎士的工作，好色村也大多都是在公爵家本館待命。

跟亞特不一樣，好色村只是處在暫時停職的狀態，令亞特很是羨慕。

「烏凱，謝啦～幫了我大忙。」

「咕咕。（小事一樁。）」

亞特目送烏凱的背影離去，總覺得牠的背影莫名的有股風範。

然後他才突然想到『連我都可以明確的聽懂牠們在說些什麼了……一般來說這很奇怪吧？』這點，回到了現實。

不過這裡畢竟是奇幻世界，也是有些魔物能夠理解人類的話語，所以他決定不去深究這件事。

現在要優先處理的是他這個失業的狀態。

◇◇◇◇◇◇

喀鏘喀鏘地響起的金屬碰撞聲。

只見大叔正在把玩巨大的金屬塊，一旁則是茫然失神的好色村。

雖然是大叔硬要好色村過來的，但他什麼都不做地待在旁邊，卻讓人有點不爽。

這時候好色村小聲地開口了。

「我說……傑羅斯先生啊。」

「什麼事，好色村小弟……」

「那個像是威力外裝甲的玩意兒和訓練用的魔像，為麼會擱置在這個房間的角落啊？」

直接暴露在外的威力外裝甲骨架，就這樣隨意地放在好色村的視線前方。

如果大叔是想完成這東西，那周圍應該會散落著相關的零件，可是威力外裝甲上面卻蒙上了一層薄薄的灰塵，某些部分也已經浮出了鏽斑。

「因為我現在知道這玩意兒很難控制力道了，所以在上次失控之後，我就認定它派不上用場了。鐵騎士也是因為關節出現了金屬疲勞的狀況，果然想到就做還是不行，得從一開始就確實做好設計。」

「為什麼我看著那個就會忍不住發抖啊？它還生鏽了耶，這豈不是被你當成了沒用的孩子嗎。」

「……也不能說沒用啊。好色村，起碼我們得出了它派不上用場這個結論。」

「…………」

某個發明家即使實驗失敗，也會認為得知失敗也算是一種成功而感到喜悅，但是這東西就這樣以未完成的狀態被放到生鏽，實在是太悲慘了。

好色村不知為何有點想哭。

「話說你能不能動手幫幫忙啊？我想從這台多腳戰車上拆下砲台。」

「為什麼只要拆砲台？」

「……因為這是88公釐高射砲啊。裝在完全自動化的機器人兵器上，不覺得太浪費了嗎？」

「說穿了你只是想自己手動裝填然後開砲看看吧。為什麼要特地改成不方便的武器啊？保持原有的便利性不好嗎？」

「不行……所謂的武器啊，必須要有血有肉才行啊。不覺得會動的棺材就很浪漫嗎？好色村你真的不懂耶。」

從好色村的角度來看，第二次世界大戰時的戰車跟能完全自動啟動的多腳戰車之間也沒什麼差別。兩者都是發射砲彈的兵器罷了。

不如說他還覺得可以自行打倒敵人的無人兵器更方便。

「我覺得不知道什麼時候會失控的兵器太可怕了，一點都不想要。還是要人來手動操作才對。」

「可是啊～你把這個拆下來是想幹嘛？雖然我覺得大叔你應該是想自己造一輛戰車啦。」

「照預定是要造一輛戰車或是自走砲。動力部分我也打算直接沿用多腳戰車的引擎。」

「你真的做得出來喔？」

「只要沿用工程機械的結構就行了。畢竟使用的技術相同，所以做得出來。」

「真要說起來你為什麼會知道工程機械的結構啊？一般人應該都不清楚吧。」

「因為我大學的時候曾經拆過一台二手挖土機啊～呵……我以前的朋友都是些神經病。我想他們應該做得出一台九七式中戰車。」

「雖說是二手的，但可以讓學生拆解挖土機的大學到底是……應該很有錢吧。」

傑羅斯就讀的工科大學以極為自由的授課內容聞名。

「雖然拆掉所有裝甲比較實在，不過我看它連個螺絲孔都沒有，也沒發現可以用來拆解的機關啊～～只靠我們拆不了啦～」

「果然還是不行嗎……應該說，一般都會為了保養維護作業設計成可拆卸式的裝甲，這台多腳戰車卻連裝甲的連接處都看不到。到底是怎麼回事？」

一般來說，無論是什麼機械，設計時都會把便於保養維護這點考量進去。汽車或戰車也是打造成即使引擎出問題，仍可以立刻從外面打開裝甲，現場進行維修工作。但在多腳戰車上卻看不到這樣的設計。

雖然有為了排熱而設計的縫隙，但完全看不到為了保養維護內部機關，可以打開裝甲蓋的螺帽或鉚釘。

「我原本以為是從內側用螺帽固定的，但裡面也一樣啊～也沒看到焊接點，簡直像是用魔導鍊成打造出來的……不，等一下？魔導鍊成……？」

「大叔，你發現什麼了嗎？」

「我來試試看。你稍微離遠一點。」

「喔？好……」

傑羅斯用手觸碰多腳戰車的裝甲，像是在使用鍊成陣或鍊成台時那樣注入魔力。

接著裝甲上便布滿了光之線條，有些地方的裝甲甚至擅自脫落掉下地面。而且全都細分成了兩個人就能拿起的尺寸。

「這、這是怎麼回事？」

「裝甲內側刻上了簡單的魔導鍊成陣術式啊。裝上裝甲的時候只需要注入魔力，術式便會啟動，金屬之間就會像被焊接起來那樣互相連結。所以才會看不到任何連接點。」

「那敵人只要從外面注入魔力，裝甲不就會脫落了嗎？」

「不，它另外設置的強化魔法術式會負責防範這個問題。戰車內部的魔導爐會隨時供應魔力給連結起來的裝甲，並透過強化魔法維持硬度。也就是說因為有不一樣的魔法鍍膜，只要在還有動力的狀態下，敵人就幾乎不可能拆卸掉裝甲。而且這裝甲還超硬。真虧他們想得到。」

傑羅斯試著調查剝落下來的裝甲，發現它似乎是三層結構，他推論術式八成是刻在中間那層金屬上。

以稀有金屬打造的合金很堅韌，但意外地不算厚重，不知道是因為把重點放在靠魔法強化來增加硬度上，還是為了減輕裝甲的重量，總之這裝甲板比他所想像的更為輕盈。

「這多腳戰車儘管體積大，重量卻跟它的體型不搭，意外地輕耶？畢竟用一發磁軌砲就能炸飛它的腳了～……」

「不是，他們原本應該也沒有料想到會被磁軌砲攻擊吧。以磁軌砲的威力來說，我想就算是虎式戰車的裝甲，也能輕鬆射穿的……」

「雖然不知道這玩意兒是什麼時代的產物，但很確定不是魔導文明最興盛時期的東西。以能夠製造高出力雷射衛星的時代背景來看，這戰車的駕駛座附近簡直設計得一團亂。」

「不管是什麼時代的產物，都不改它是危險兵器的事實吧？」

好色村說得是沒錯，可是傑羅斯在意的並不是這點。

如果多腳戰車是魔導文明初期開發出來的產物，那麼從這裡衍生出來的後繼機種將會進化到什麼程度？甚至可能會因技術發展的狀況不同，打造出能夠低空飛行的戰車。

畢竟這世界有所謂的「漂浮機車」這樣的飛行機車存在。

『……會飛天的砲台真的可以算是戰車嗎？有點尷尬呢。』

儘管不知道是否實際存在，大叔還是不想用戰車來稱呼完全以電腦控制，且可以飛行的戰車。

這只是他莫名其妙的堅持。

「唔喔！這、這什麼啊！是……戰車嗎？」

「哎呀，這不是亞特嗎。怎麼了？」

「我才想問你咧。這東西是從哪裡撿來的啊？」

「它就掉在迷宮裡面啊。」

「真的假的……這玩意兒徹底破壞了奇幻感啊。」

「都快要搞不清楚究竟是魔法近似於科學，還是科學近似於魔法了呢。啊，你有空的話可以來幫我嗎？」

這就是所謂的飛蛾撲火吧。

悠悠哉哉地出現的亞特，就這樣被叫來進行多腳戰車的拆解工作。

八十八公釐砲被卸下來，傑羅斯的興趣就像煞車壞掉的暴衝火車那樣更為加速。

已經無法阻止這個大叔了。

「話說這傢伙是誰？」

「竟然用這傢伙來稱呼我……我們好歹是第一次見面耶。你好，我是承蒙公爵家照顧的——」

「啊啊，是茨維特的護衛啊。我記得你叫……好色村是吧？」

「……結果大家都只記得這個名字啊。我不會哭的！可是眼淚快要流出來了。我可是男生啊。」

「不，你這根本就是在哭吧。雖然不重要，不過放在角落的那個潘加朱姆火箭車是怎麼回事？」

「我只是想到就試著做做看，又覺得要拆掉很可惜。」

「「…………………………」」

不，大叔可能打從一開始就沒打算要停下來。

◇◇◇◇◇◇

有一句話說得好，『全家就是我家』。

先不論現在的社會風氣，但是在以前的日本文化之中，鄰居之間的相處很開放，甚至有過鄰居之間非常清楚彼此家裡狀況的時代。

那個時代向鄰居借了東西可以事後告知，而且鄰居也會乾脆地答應。鄰居間也會很平常地出現一些放到現在來看，會被視為是多管閒事的人際交流。

當時跟鄰居之間的相處幾乎等同於家人，過著每天互相照顧扶持的生活，可說是古早社會的優點。處處都是如今失落已久的人情味。

當然，在那樣的環境之下，還是有一些基本的知識和常識，不過至少像現在那種主婦圈裡的領袖人物，或者只因為自己擅自認定對方有錯，就刻意做出一些不必要的煽動行為的鄰居並不多。
至於為什麼會提起這個話題，就是因為住在隔壁教會的鄰居，跟某個超乎常理魔導士家之間的關係，正是所謂的『古早社會的好鄰居相處』模式。
「哈啊～～……整個人都暖起來了。」
嘉內將身體泡進浴缸裡，利用溫熱的水療癒了平日累積的疲勞。
她臉上帶著跟平常的大姊頭風範相去甚遠的放鬆表情，換個說法就是整個人放鬆到軟爛的程度。
自從去了之前那趟溫泉旅行之後，嘉內就愛上了泡澡。
沒錯，簡單來說就是教會裡的年輕女孩們，偶爾會跑來傑羅斯家借用浴室。
傑羅斯當然也容許她們這麼做。
「嘉內……妳講話的語氣很像個老男人耶？」
「說是這麼說，但又不是三天兩頭就能泡澡，對於已經知道這份快樂的我來說，已經無法忍受不能洗澡的生活了。」
「這裡原則上還是傑羅斯先生家，妳也稍微客氣一點……啊，我們兩個都是待嫁之身，所以也無所謂了吧。」
「嗯耶？」
路賽莉絲突如其來的發言，讓嘉內反射性的沉進了浴缸裡。
路賽莉絲看著她的反應，露出愉快的笑容。
「妳妳妳……妳在說什麼啦！」

「咦？可是結了婚之後這裡就是我們家了，我沒說錯吧？」

「妳為什麼可以這麼輕易說出結婚啊。雖然我的確是想結婚沒錯……」

「嘉內……傑羅斯先生都跟妳求婚了，妳還不把他當成男性來看待，想要逃避嗎？看來這下得用更強硬的手段來做衝擊性療法了……」

「住手！我上次不僅被麻痺，還被妳們用麻繩五花大綁起來，那之後真的有夠慘的。主要是那個……生理方面的……」

「我原本以為把妳逼急了，妳就會答應去做結婚登記，沒想到妳反而更頑強抵抗，甚至拿出尿遁這招，真是一大盲點啊。我本來打算關妳個好幾天的。」

「妳這樣根本是無視我的意願啊！」

「早知道從一開始就把你們兩個剝光，關進附廁所的密室裡。」

「妳是惡魔嗎！」

路賽莉絲採用的衝擊性療法毫不留情。

從那天之後，嘉內甚至會防備協助路賽莉絲的伊莉絲，用懷疑的眼神看著她，害路賽莉絲即使安排好了計畫，也不太有機會搬出強硬手段。

「路……為什麼妳可以這麼積極的決定要結婚啊，妳從來沒有煩惱過年齡差距之類的嗎？」

「我才想反問妳，都已經出現發情期的症狀了，還有必要煩惱嗎？我們的本能明明就渴望著傑羅斯先生。」

「妳不要說發情期啦……即使是這樣，也應該更……就是該按順序來才對吧？那個…………比方說先約、約會……看看……之類的……」

「我覺得期望傑羅斯先生做這種事情也是白搭喔？」

「妳有點過分耶？」

兩個年輕女孩在浴室聊起了不知道到底算不算戀愛話題的事。

雖然她們本來就經常在教會聊起這方面的話題，事到如今也沒什麼好稀奇的，可是季節愈接近夏天，「戀愛症候群」的症狀也愈來愈明顯，路賽莉絲其實真的很擔心嘉內這個內向的個性。

隨著可說是人類發情期的「戀愛症候群愛戀失控現象」季節到來，路賽莉絲很擔心嘉內會順從本能大聲地當眾告白。沒人想看到朋友社會性死亡的場面吧。

視情況不同，發病的人有可能會在人前做出讓自己再也嫁不出去、醜態畢露的行為，因為「戀愛症候群愛戀失控現象」就是會讓人腦袋裡面開滿小花的棘手現象。

「也就是說只要按部就班來就可以了吧。我知道了，明天我們三個人去約會吧。」

「妳、妳突然說什麼啊？而且大叔應該也有自己的行程安排吧。雖然我不知道他在地下室忙什麼就是了。」

「唉～妳老是這樣拖延，要是陷入最糟的情況該怎麼辦？這明明就是發生在妳身上的事情耶。」

「我知道啦……」

嘉內也不是不想結婚。

她嘴上的理由是年齡差距，不過實際上在這個世界有年齡差距的夫妻並不稀奇，走在路上隨便都會看到這樣的夫妻。

那麼，說到問題究竟出在哪裡……主要是嘉內心中充滿了愛作夢的少女情懷。

「比起這個，妳可以擅自幫大叔安排時間嗎？是說我也該去賺一下生活費……」

「如果沒有偶爾好好休息一下，累積的疲勞會對工作造成影響喔。一個星期應該要排一天休假的。」

「別鬧了。好的委託可是先搶先贏。為了賺更多錢，必須隨時去傭兵公會的布告欄確認。如果沒有每天去看，就會錯過很多好機會。」

「光是移動就需要花錢了，還要加上保養裝備跟回復藥的費用。如果再算上餐飲住宿，那真的是一筆不小的開銷。如果不能接到投資報酬率高的委託，很容易虧錢，所以我也明白妳為什麼這麼拚命。」

「既然知道就不要妨礙我。一旦共同資金見底，我就真的必須考慮轉行了。」

如果傭兵沒有隸屬於由幾十人組成，可以有效率地承接委託的小團隊，其實就連要過普通的生活都很吃緊。

嘉內等人現在因為可以自行製作回復藥水和外傷用藥，所以在生活上多少比其他傭兵更有餘裕一點，但是花在裝備保養上的錢還是一筆開銷。

如果不繼續承接委託，嘉內和雷娜等人的共同資金很可能會見底，所以現況是嘉內必須每天到傭兵公會的公布欄前面上演激烈的委託爭奪戰，才勉強能維持生活。

「要不要乾脆改行賣藥？我是認為轉行之後反而能有更穩定的收入啦……」

「憑我們的本事沒辦法靠那個賺錢啦。回復藥水會因為製作者的技術，影響到藥水的功效和保存期限。我們贏不了已經可以靠這一行獲得穩定收入的鍊金術師啦。」

「不用擔心，到時候傑羅斯先生會耐心仔細地一步一步教導妳的喔。」

「妳的目的是這個嗎！我可是有點抗拒重婚這個詞的喔。」

除了一些國家之外，重婚在這個世界是普遍被接受的。

雖然也有像路賽莉絲這樣理所當然地接受重婚的人，但充滿少女心的嘉內卻很嚮往專情的愛。

除此之外，她會有些避諱結婚，或者說與人成為夫妻一事，還有別的原因。主要是因為小時候來自父親的虐待造成的心理創傷，讓她儘管不至於到抗拒，仍多少會想避開男性。

而且還是她那個戀愛腦的母親跟人外遇跑了，才會造成這結果的，嘉內自然會對重婚這個詞產生反感。

知道原因的路賽莉絲也不想強迫嘉內，可是就因為她知道戀愛症候群這種怪病，或者該說罕見病例的可怕之處，才會認為有必要採取強硬的手段。

但是事情很難按照路賽莉絲的想法進行，加上傭兵是一種工作時間不定的職業，所以要製造讓傑羅斯和嘉內送做堆的機會可說是難上加難。

如果太死纏爛打，嘉內就會逃走，讓路賽莉絲每天都在煩惱該怎麼做才好。

真是美麗的友情。

「我覺得妳該試著再親近傑羅斯先生一點喔？」

「路妳沒有外診的時候大多都待在教會，但我得為了討生活去承接委託並輾轉各地才行喔，我光是休息一天，就會少掉好幾天的收入啊。」

「所以現在才該去約會嘛！」

「妳為什麼要這麼硬來啊？」

「如同我之前所說的，我……不想看到嘉內妳反覆做出奇特行徑，最後在社會上無地自容的樣子。」

「唔…………這我也知道。我是很高興妳這麼擔心我……」

嘉內其實也明白。

雖然傭兵工作時常要到處跑，但每次回到桑特魯城看到傑羅斯，她的心就會違背自己的意志噗通作響。

至今她都沒去深究這件事，可是她最近只要想起傑羅斯的臉就會心跳加速，而且還愈來愈頻繁，甚至到了嘉內只要看到傑羅斯的身影就會忍不住想要躲起來的程度。

『……這真的是戀愛嗎？感覺跟小說裡寫的小鹿亂撞不太一樣耶。』

戀愛造成的小鹿亂撞，實在太不識趣又不留情面，讓擁有少女心的嘉內難以招架。

對嘉內來說，戀愛什麼的都是小說裡面出現的故事，愛作夢的她一旦直接面對現實，就會因為偏頗的知識而想要否定一切，面對直覺或本能帶來的衝動也都顯得相當避諱。

但是現在的嘉內有如抱著一顆限時炸彈，處在假設放著她不管，她就很有可能會做出奇特行徑的狀態下，必須盡快想出對策。

「現在還是順從自己的本能會比較輕鬆喔？」

「所以說，我就是討厭憑著一股衝勁就做出決定啦！」

這個世界有很多因為一時衝動就結婚的人，不如說能靠意志力否定這股衝動的人反而是少數。

而愈是壓抑戀愛症候群帶來的衝動，下場就愈慘。

會認同嘉內想法的，大概只有傑羅斯這種來自異世界的人吧。

雖然伊莉絲也是來自異世界的人，不過她很贊同嘉內的婚事，所以嘉內也無法找她商量。更別說嘉內骨子裡其實是個內向害羞的女孩。

「但、但是……直接去約會，妳不覺得難度太高了嗎？」

「我也會一起去，妳不用這麼緊張。因為我不覺得嘉內妳跟傑羅斯先生兩個人出去的話，妳有辦法好好跟他說話。」

「妳這樣說有點過分耶……」

路賽莉絲偶爾會跟傑羅斯一起出門採買，要她跟傑羅斯聊天並不是什麼痛苦的事。

相反的，嘉內甚至沒跟異性一起上過街，遑論對方是一個年齡差距大到甚至可以當她父親的長者。

社會上當然有許多夫妻有著和傑羅斯跟嘉內一樣的年齡差距，然而一旦自己變成了當事人，嘉內就顯得有些畏縮。而且在這之前還有一個問題。

嘉內不覺得自己跟他會有話聊。

某種意義上來說，這才是最關鍵的原因。

「啊～我承認啦。我確實迷上了那個大叔。可是啊，我也是有些顧慮的。」

「妳是想說妳的少女嗜好嗎？」

「妳不要管我！我當然也是……想結婚啊。可是那個大叔不是會不管氣氛什麼的，連續做出性騷擾發言嗎。」

「這是我的推測，不過我猜他只是想掩飾自己的害羞喔？」

「就算是這樣……就是，該怎麼說……可以的話，我希望他不是順著本能的衝動，好好的向我求婚啊～這樣……的感覺……該說我很嚮往這件事嗎……」

「嘉內……」

嘉內之所以這麼頑強地抗拒，其實不是因為她討厭大叔。

畢竟還是有來自本能的衝動驅使，即使再不情願，嘉內也了解自己是真的適合他。

但即使如此，還是有她不願讓步的事。

沒錯，少女情懷的嘉內想要的，就是由異性口中說出，充滿甜蜜浪漫氣氛的求婚話語。

路賽莉絲認識嘉內很久了，她也知道這一點——

「應該沒辦法吧？」

「妳稍微給點鼓勵好嗎？」

——嘉內的憧憬被路賽莉絲乾脆地割捨了。

「傑羅斯先生在某種層面上跟妳一樣。因為他跟我們年紀差很多，所以只能抓住聊天聊到一半的機會，趁亂告白吧。」

「那麼，這下就變成我們得回答他才行了……」

「之前的結婚證書我還留著。以我的立場來說，我是很想馬上去送件啦。」

「那張結婚證書是誰準備的啊？妳有神官的工作要做，還要照顧小鬼們，應該沒空去拿才對啊……」

「是梅爾拉薩祭司長準備的喔？當我在跟祭司長開定期報告會時，她就把證書拿到我面前說『路，聽說……妳跟嘉內都進入發情期了～？而且還兩個人都迷上了那個魔導士，妳們的感情真的很好呢～嘻嘻嘻……』然後塞給了我。」

「到底是誰告訴祭司長的……拜託妳先別送件喔？」

既然傑羅斯已經正式求婚，自己沒有回答反而顯得失禮。

可是既然戀愛症候群已經發作，可以得知兩人其實很適合彼此，所以拒絕他的求婚又顯得毫無說服力。

而且隨著時間過去，最糟糕的狀況正步步逼近。

「嘉內，妳還是做好覺悟吧。」

「再給我一點時間……這不是被人說一說就能決定的事情吧。」

「真拿妳沒辦法。不過妳要記得，我們剩下的時間不多了。」

「嗚嗚……」

從平常的行為根本看不出嘉內少女的一面，路賽莉絲覺得這樣的她其實很可愛。

甚至有點羨慕她。

但比起這件事——

「嘉內，我有件事想說……」

「怎樣啦？」

「妳胸部是不是又變大了？」

「耶？」

——路賽莉絲更在意嘉內胸部的成長狀況。

路賽莉絲的身材也算是不錯了，可是嘉內遠遠勝過於她。

嘉內的身材緊緻有型，就算是女性都會忍不住看過去，更重要的是那身小麥色肌膚，簡直美得令人窒息。

老實說，路賽莉絲甚至有點嫉妒她。

「我可以摸摸看嗎？妳的胸部……」

「等等，妳的話題怎麼突然這麼跳這麼遠？」

「不，我看著嘉內就……該怎麼說，不禁興奮起來了。」

「等、等一下……妳為什麼一直逼近我。而且妳也夠漂亮了，胸部尺寸也絕對在平均以上啊！」

「嘉內……所謂的人類啊，就是會追求自己身上沒有的東西。沒錯，我身上沒有的那對豐滿雙峰……」

「等、等一下，路……妳在說什麼……是說妳的胸部根本不像妳說得那麼小吧，不如說妳也算是大的啊！住、住手，呼啊啊啊啊！」

浴室裡迴盪著年輕女孩的慘叫聲。

不知道該不該說幸好，在地下室的傑羅斯等人並沒有聽見。

第八話　大叔正在拆解多腳戰車

在傑羅斯家的地下室，有三個男人正在拆解多腳戰車。

拆下來的八十八公釐砲隨便垂吊在天花板上，三人目前正在拆除裝設在戰車本體上的電子儀器，驅動腳部的魔導力馬達和圓柱型的魔導力機關悽慘地暴露在外。

傑羅斯和亞特拆解的動作快得嚇人，就在好色村還在磨磨蹭蹭的時候，兩人接二連三地卸下除了骨架之外的其他零件，讓好色村有種彷彿蝗蟲過境的錯覺。

「……傑羅斯先生，你們的動作快得太誇張了吧？」

「只是好色村你動作太慢了啦。」

「不不不，你別看我這樣，我原本可是在保修工廠上班的喔？你們兩個居然比我還熟悉機械，到底是……」

「我只是隨便拆下來而已喔。」

「我說亞特啊，能不能麻煩你先鑑定過之後再拆？要是能順便在便條紙上註明是哪裡的零件，我會更感謝你的。」

「這種事情你早說啊，現在說太遲了吧。」

大叔總是事後才做出不合理的要求。

當然亞特在拆解過程中也是好歹有做一下鑑定，可是得出的鑑定結果都是些意義不明的數字，看不到除此之外的詳細資訊。

儘管心中充滿疑惑，亞特仍拿起了掉在地上的機械。

「我雖然鑑定出了像是這個零件型號的資訊，但這究竟是拿來做什麼用的機械啊……」

「從我鑑定的結果看來，這機械應該是火器控管裝置喔？」

「我只能看到不知道是什麼用途的數字。是製造編號？還是商品登記碼啊？」

「我就算鑑定了也什麼都沒出現……大叔和亞特先生你們有成功鑑定出資訊喔？」

「我這邊只有看到數字。這表示傑羅斯先生的鑑定技能精確度比我的更高嗎？我記得我們的技能等級差不多吧？」

「難道是鑑定技能會因為使用者不同而出現差異嗎？還是說這是個性造成的？」

「啊，鑑定成功了……這個『駕駛留下的清涼寫真資料片』是什麼鬼啦！」

好色村的鑑定技能主要發揮在色情方面。

看樣子鑑定技能真的會大幅受到使用者的內在影響。

「可是真虧你能撿回這種玩意兒耶。難道迷宮裡頭隨便放著這種兵器嗎？」

「不，我覺得這些兵器應該是迷宮在建構異世界（區域）時，偶然重現出來的產物罷了。迷宮本身應該沒打算要刻意去複製兵器吧。」

「你的意思是指迷宮可以從現象之中抽出過去的環境資訊？就像是鑑定技能這樣。」

「與其說是鑑定技能，應該是以地形資料為基礎來重新建構區域時，碰巧連兵器的資料也一併包含在內了吧。所以我想『製作出了兵器』應該只是結果論。」

「你是說這只是巧合，不是基於什麼惡意才刻意這樣做的？如果你說的是事實，那就表示迷宮核心具有蒐集並利用外界情報的能力……」

「你果然也注意到這點了啊。」

目前眾人所知的迷宮生成程序，是迷宮核心從地底的魔力囤積處誕生後，再花時間建構出迷宮這樣的流程。

然而從迷宮可以重現舊時代遺物這個嶄新的事實來看，可見迷宮核心很有可能會在建構迷宮的過程中累積過去到現在的情報，不然就是接收了某處提供的情報。

「……我有個很單純的疑問，迷宮究竟是什麼？」

「這你問我，我也很難回答啊。沒有相關的情報，我也無從推論。」

「畢竟迷宮連生物兵器都複製出來了啊～應該說奇幻世界就是充滿了各種超越常識的神祕現象吧。」

『『不知道為什麼，這話從好色村（小弟）的口中說出來，感覺就很假……』』

雖然傑羅斯和亞特都覺得迷宮這種連生物都可以輕易複製的玩意兒實在非比尋常，但是好色村補上這一句之後，聽起來就就更像是謊言了。

尤其是幻想或者神祕之類的詞彙從他口中出現的次數愈多，很不可思議的，聽起來感覺就愈像是路邊的石頭，毫無價值可言。

簡單來說就是沒有半點說服力。

這都要怪好色村素行不良。

「好色村……我想你還是稍微認真一點過活比較好。」

「就算從你口中吐出神祕還是幻想之類的詞彙，也只讓人覺得你這話假到不行耶。真是神奇呢，哈哈哈。」

「你們很過分耶！我可是很認真地在回答喔？」

「「儘管認真回答，聽起來還是很不像話啊……」」

這表示好色村不像話的形象已經深植人心了吧。

他那個已經烙印在大家心裡的半吊子印象可沒那麼容易就能抹除。

「唉，雖然可能知道這件事的人，我心裡是有個底啦。不過她最近都沒回來啊。那個寄居在我家貪吃鬼怪物。」

「你是說那個把別人當奴隸的傢伙？」

「誰啊？你們在說的那個人是誰？是我認識的人嗎？」

「「你如果還想過普通的生活，那還是別知道她是誰比較好。」」

雖然兩人很好奇好色村要是知道邪神已經復活，而且還稀鬆平常地在寄宿在民宅裡的話會有什麼反應，但是也沒必要硬是介紹能夠輕易毀滅一顆行星的存在給他認識。

不如說他還是別認識比較好。

「話說回來，已經拆掉不少零件了呢～……連有作弊級能力的我都有點累了。」

「亞特你那只是單純的缺乏運動吧？」

「是說，我是知道這個最大的機械是動力機構，可是這邊這些大大小小的黑色金屬塊是幹嘛的啊？」

「按鑑定結果來看，似乎是內部運用賢者之石，塞滿了積體電路的控制裝置，不過詳細的事情我也不太清楚。這玩意兒該怎麼拆解呢？外殼也不像裝甲那樣有用上魔導鍊成術式，而且壞掉的話好像會把整個金屬塊都替換掉……」

纏繞著許多謎團的黑盒子。

這個正方形的黑色金屬塊上面只有一些連接線路用的孔洞，除此之外表面連一根螺絲都沒用上，他們只知道裝設在多腳戰車上的所有機械全都集中連接到了這個東西上面。

「魔導力引擎從外觀就看得出來是動力結構了。以運作機制上來說，配線會從引擎先牽到這個黑盒子，經過各種計量儀器之後，使驅動腳部的馬達運作嗎……」

「這玩意兒到底是怎麼做出來的？看起來就是個普通的金屬盒子啊……」

「畢竟『漂浮機車』的黑盒子也是這樣，事到如今我也不會因此吃驚了，可是搞不懂內部構造真的是一大損失啊～應該就是這個黑盒子控管著所有系統吧？」

只要他沒弄清楚神祕盒子的內部構造，他就不可能複製出一樣的東西。不過傑羅斯嘴上雖然說著「傷腦筋」，看起來卻不像真心覺得困擾。

他更有興趣的反而是裝甲。

「總之動力部分就算改用柴油引擎也可以，所以先跳過不提，我倒是希望可以沿用這些裝甲上的術式啊～因為可以利用強化魔法自由改變裝甲的強度，這樣就能減輕車體本身的重量。如果直接從魔導力

「好色村……你要是這麼忠於性慾，一輩子都會是單身魯蛇喔？」

──帶著憐憫的目光說出這致命的一句話。

而且這話還是出自有家室的人口中。

「咕啊！」

「我還真不知道他是因為得到了奇怪的稱號才變成這樣，還是他原本的個性就是這樣呢。雖然這也不關我的事～」

「嗚咳噗啊！」

「稱號？這傢伙有奇怪的稱號嗎？」

「拜託，不要問！我的生命值已經歸零了！」

如果在兩個美女面前被抖出擁有「開黃腔的小丑」和「要來一發嗎？」這兩個稱號，好色村會被投以鄙視的目光，迎接社會性的死亡吧。

其實這時候的轉生者們忘記了一件事，那就是追根究柢，這個世界是現實世界，並沒有會影響參數的「稱號」存在。

稱號是賦予完成某些豐功偉業的人的名譽。會受到稱號影響的只有轉生者，但他們並未留意到這個現象的異常性。

「那個……現在水還熱著，傑羅斯先生要不要也去泡個澡？」

「嗯～可是我還得準備晚餐呢。你們兩個要不要先去泡？」

「我就不用了。她們兩位才剛洗完吧？要是被唯知道這件事我就死定了。」

「……真嚴重啊，而且你這話很有可能會成真才是最可怕的事。」

「對吧？所以我要直接回別墅去了。那傢伙……只要跟我有關的事情，不僅直覺非常準，鼻子也很敏銳。」

「沒想到她病嬌跟蹤狂的特性竟然這麼誇張……至少讓我弄點熱水給你，用毛巾擦擦身體吧。你一天忙下來，身體也弄得滿髒的吧？」

「就這麼辦。」

這對亞特而言是攸關性命的問題。

相對的，說起好色村——

『什、什麼？我、我竟然可以泡這樣的美女泡過的熱水……嗎？』

——該說理所當然嗎，他又立刻在色情的方面起了反應。

他的情緒全都清楚的寫在臉上，甚至到了他人都不好意思開口形容的程度。

就連用畫的都畫不出這麼猥褻的性騷擾表情。

「「…………」」

「「……沒想到好色村（小弟）有這麼誇張……」」

他們瞬間理解到，好色村之所以會得到那樣的稱號，都是他本人的個性使然。

嘉內和路賽莉絲紅著臉，送出了鄙視的眼光，傑羅斯和亞特則是一臉無奈地抬手扶額。

好色村已經陷入無從辯解的狀態。

沉重的沉默時間就這樣流逝而過。

物。光是有人帶了甜食想要消除疲勞，就可能會引起爭執。

「蜂蜜漬柑橘類的水果也不錯。」

「要是帶了那種東西，肯定會被其他傭兵盯上吧。我光是女人就已經夠引人側目了。」

「說不定半夜會有傭兵跑去夜襲嘉內呢。」

「路賽莉絲小姐這話也說得還真直白呢，嘉內小姐都臉紅了喔？」

「哎呀？」

聽到夜襲這個詞就會臉紅的嘉內真的很純情。

傑羅斯看著她的反應，不禁心跳加速。

「嘉內小姐……」

「什、什麼事？」

「要不要立刻跟我去登記結婚？然後今晚我就能與妳墜入愛河了。」

「你在說什麼鬼話啦！」

「大叔我啊，現在就想推倒妳。總覺得妳啊……實在太可愛了，讓人心癢難耐啊。」

「傑羅斯先生……就是因為你會說這種話，嘉內才會愈來愈抗拒的喔？」

傑羅斯深思了一下路賽莉絲所說的話，接著拍了一下手。

「那就循序漸進的推倒好了。然後今晚就三個人一起，在嘎吱作響的床上翻雲覆雨開轟趴吧。」

「怎、怎麼這樣……傑羅斯先生，我是已經下定決心了，可是今晚真的太突然了。而且還要三個人一起……」

「問題出在那裡嗎？路妳在意的點是那裡嗎？是說在你說出今晚的瞬間，就沒在管什麼循序漸進了吧！」

「面對剛出浴的美女，怎麼可能有男人按耐得住呢。我也該學學好色村，盡情順從自己的慾望啦！」

「不要學他！你只是在戲弄我對吧？只是因為好玩才消遣我對吧？」

大叔當然是在以觀察嘉內的反應為樂。

雖然這件事很容易被忘記，不過別看大叔這樣，他也是有過被下屬稱做超級虐待狂主任的經歷，個性很差。

對這些壞心眼的逗弄話語一一做出反應的嘉內實在可愛，讓他忍不住露出本性，玩弄起嘉內。

可是他一方面也是因為戀愛症候群已經發作，若是再拖著，不認真拉近彼此的距離，精神失控的危險性也會隨之提昇，所以大叔覺得路賽莉絲提議的約會確實是個不錯的方式。

「總之說正經的，我贊成先約會這個提議。因為縱使要我退一百步，接受在外頭大聲告白這個行為，我也實在無法接受由於精神失控而做出的奇特行為……」

「不是，我也不想走上社會性死亡這條路。可是三個人去約會，這太奇怪了吧？」

「會嗎？只不過就是三個人一起逛逛街、吃個飯，聊一些無關緊要的話題而已吧？」

「那樣算約會嗎？不是應該要去個劇院欣賞表演之類的嗎？」

「一般人要上劇院欣賞表演就會牽涉到錢的問題……票價不便宜吧？」

「嗚……」

在劇院上演的舞台劇或是女伶的演唱會，雖然不是真的高不可攀，卻也不是一般人能花得起錢欣賞的娛樂。更重要的是一般人普遍缺乏欣賞藝術的能力，客群也就自然侷限在富有的商人和貴族階級。

當然就算是一般民眾，也只要購買門票就能夠入場欣賞表演，不過一張門票的票價可是一般民眾好幾天的生活費。對民眾來說那裡是與他們無緣的世界。

尤其是對於以傭兵為業的嘉內，以及只是一介見習神官的路賽莉絲而言，票價雖然不到絕對出不起的程度，但依然是遙不可及。

「如果是這點錢的話我可以出。既然是約會，就更該由男人來付錢啊。」

「咦？不、不用啦……我也只是說說罷了，真要說起來，就算去看表演，我也根本就不懂藝術到底是在幹嘛的。」

「我也不太想去。我在神官修行時代曾經去看過一次歌劇，可是我馬上就覺得睏了。」

「啊啊～路妳感覺就不會喜歡這種東西。妳應該會看著悲劇然後大笑出聲吧。」

『如果從外表來判斷這兩人，多半會得到相反的感想，然而實際上是嘉內小姐有著一顆少女心，路賽莉絲小姐則有著現實主義者又直白的一面呢～』

外表跟個性相差這麼多的情況也是少見。

傑羅斯也是因為有和她們兩個來往才能接受這件事，如果不是原先就認識她們，應該會因為這兩個人外表與內在的反差而感到不知所措吧。

「不過要約會啊～……我也只有年輕的時候跟人約過一次會，之後就再也沒緣分啦～」

「大、大叔……就憑你這種個性，也有跟女人約會過喔？」

「是我還是學生時的事情了。先不論現在，我還是學生的時候可是很正經的，是那個姊姊害我的個性扭曲成這樣。」

「「啊啊～……我可以理解。」」

傑羅斯——大迫聰還是少年時，曾經有個朋友以上、戀人未滿的青梅竹馬。

兩人當時在平穩的日常生活當中，慢慢加深彼此的情誼，過著理所當然的每一天。

可是這段關係也在難搞的姊姊——麗美的介入之下，連同對方的家庭一起毀了。

結果他因此和那位青梅竹馬的少女變得相當疏遠，等到後來透過朋友得知她下落的時候，對方已經出車禍過世了。

在那之後，傑羅斯就一直憎恨著麗美——莎蘭娜。

即使她已經不在人世了也一樣。

由於姊姊用這種悽慘的方式剝奪了他在多愁善感的青春期培育的淡淡戀情，可能也讓大叔在心裡的某處，萌生出了自己說不定根本不該獲得幸福的想法。

「兩位也吃過她的虧，應該能夠理解吧？要是身邊有那種女人，我根本不可能交到女朋友。因為我根本不知道對方什麼時候會受騙上當，被她偷光家裡的錢財啊。」

「「……（有那種姊姊在，根本交不到新的女朋友。他也真是可憐啊……）」」

在同情大叔的不幸人生時，路賽莉絲瞬間感受到傑羅斯的話語中帶著一股悲哀的情緒。然而傑羅斯在那之後的態度又表現得一如往常，讓路賽莉絲只能在心裡嘀咕著『應該是我想太多了吧』。

「可是我也跟一般人一樣想要結婚喔。只是因為有那傢伙在，才害得我一直單身到現在。」

「嗯，畢竟我也無法辨別……現在先不討論好了。話說我們還沒決定好要在哪天去約會，該怎麼辦呢……」

「明天上午如何呢？反正嘉內也沒事。」

傑羅斯原則上還是有問路賽莉絲「趁當事人不在場時擅自決定日期真的好嗎？」這個問題，但路賽莉絲只回說「這樣下去嘉內只會一直逃避，還是硬把她帶出門比較好」。

從外表完全看不出她做事這麼手下不留情。

於是乎，在徹底忽視嘉內意願的情況下，他們決定明天去約會。

大叔一邊目送路賽莉絲走回教會的背影，一邊嘀咕著「啊～……得跟亞特他們說一聲，明天上午的拆解作業要請他們兩個來進行」。

兩人道別後，在教會裡——

「事情就是這樣，我們決定好明天去約會了。」

「也太突然了吧，你們居然完全忽視我的意願嗎？而且我沒有衣服可以穿去約會喔。」

「這部分不用擔心，我在回來的路上遇到了值得信賴的夥伴。」

「……妳好，我是神出鬼沒的內衣商人。」

路賽莉絲帶來的，是胸前發育得格外良好的忍者少女杏。

只要是有客人的地方，無論是哪裡她都會出現。

「杏小姐，妳手邊有沒有適合嘉內的衣服？」

「最近做太多內衣有點厭倦了……偶爾來點一般工作也不錯……」

杏一邊說，一邊不知從哪弄出了各式各樣的女裝。

從適合在辦公室穿著的休閒俐落女裝，一直到角色扮演用的服裝，真的是應有盡有。

「咕唔唔唔……」

嘉內領悟到自己已經無處可逃，只得乖乖化身為任人穿衣的洋娃娃。

然後跟路賽莉絲調了一點頭寸，買了一件外套。

◇◇◇◇◇◇

在被黑夜籠罩的草原上，那個東西漫無目標地四處徘徊。

與生物相去甚遠的那個東西，隨著積存在體內的魔力枯竭，漸漸失去了力量。

儘管如此，它仍基於想活下去的念頭，朝著人類聚落移動。然而只靠吞食野生動物或魔物無法滿足它，它愈是想保住自身的存在，就愈是流失魔力。

那個是——一團形狀扭曲的肉塊，有著從沒有手臂的女性上半身上長出了六條人腿的詭異外觀。

除了腹部那條直直的裂口非常醒目之外，在背部、側頭部上也有好幾個大大小小的口，像深海魚一樣的眼球在側腹和背部忙碌地打轉，尋找著該獵捕的獵物。

『……大姊頭，看樣子……我就到此為止了。』

『等等，又來了？』

『我已經，無法……維持意識……』

『一旦你消失，就只剩下我了嗎……你先到另一個世界去吧，我也會馬上趕去的。』

『嘿嘿嘿……還真是直到最後都很不像樣的人生呢。再會啦……好友……』

又有一個盜賊的魂魄消失了。

原本在這個以獵捕來的人類和動物的肉構成的怪物之中，保有包含莎蘭娜在內的幾個盜賊魂魄，但是隨著魔力枯竭，這些魂魄一個接一個昇天了。

這對殘留下來的魂魄而言，等於是殘酷地揭露了死亡正逐漸逼近的現實。

『……只剩下我跟你了呢。』

『大姊頭……放棄吧。我們說穿了就是死人，不管再怎麼掙扎都不會復活的。』

『不要，我要活下去！我要找到一個好男人，過著極盡奢華的貴婦生活，高高在上地鄙視眾人！』

『這不擇手段也想活下去的態度真是令人敬佩呢……雖然我早就知道了。』

盜賊的魂魄已經放棄求生，期望以消滅的形式消失在輪迴轉生的圓環當中，但莎蘭娜仍緊抓著慾望的鎖鍊不放，執著於求生。

盜賊的魂魄儘管對莎蘭娜的執著感到無奈，卻也在某種意義上抱著幾分敬意。

『我也無法維持意識了。這將是我最後一次跟妳說話了。』

『那你現在就立刻消失啦！就算只剩下我，我也會活下去的。』

『所以說～我們早就已經死了啦……』

不管說幾次，莎蘭娜都不願意接受現實。

一旦盜賊消失，剩下的就只有已經化為怪物的莎蘭娜。

盜賊的魂魄心想既然如此，那還是化為一小團肉塊，脫離本體吧。

『那我也差不多要消失了……大姊頭妳就儘管執著於求生吧。』

『我當然是這麼打算的。』

『這樣啊……唉～真的是一點都不像樣的人生啊。雖然我很遺憾沒能向老爸他們道歉，但現在說這些也太遲了……這也算是人渣該有的下場吧。再會啦，大姊頭……』

一塊小小的白色肉片掉落。

魂魄的束縛隨著化為粒子的魔力擴散開來而消失，最後的盜賊魂魄也回歸到了輪迴轉生的圓環當中。

儘管心中留有不少遺憾，不過盜賊自知這些都是自己作惡多端所招來的報應，用憐憫的眼神看著獨自留下的莎蘭娜。

在意識逐漸朦朧之中，盜賊回想起仍過得很幸福的那段時光，寂寥地離開了這個世界。

相較之下，莎蘭娜則是……

『唔呼呼……終於消失了呢。這樣我就暫時可以壓低魔力的消耗量了。』

莎蘭娜發現每當盜賊的魂魄消失，自己能夠掌握的魔力量便會增加。

其他靈魂消失，需要耗費的魔力就會變少，間接地增加了莎蘭娜能夠滯留在這個世界的時間。雖然很難說她這樣到底算是退化還是進化……

「啊哈哈哈哈，我會活下去！也不會再讓那條龍吃掉了！然後我要像以前一樣，誆騙那些愚蠢的男人，等他們將一切奉獻給我之後，再像抹布那樣拋棄他們！沒錯，我就是女王！」

莎蘭娜在平原的正中央笑得跟智障一樣，同時大聲喊出這種人渣發言。

但她沒有察覺。

現在的她因為過去吸收的生物所帶來的影響，外表已經不再是人——簡單來說，她已經變成了怪物。

她完全沒有發現，自己的模樣已經醜陋到再也無法與他人交流了。

第九話　索利斯提亞兄妹的魔導鍊成情況

「「你騙人的吧……」」

前一天協助大叔拆解多腳戰車的亞特和好色村，今天也為了繼續工作而來到傑羅斯家，卻在一大早就聽見了令人大受衝擊的事。

「由我跟好色村來進行拆解工作是無所謂。但我更不敢相信的點在於……」

「大叔竟然是因為要去約會才不跟我們一起做事……？而且約會對象還是昨天的那兩位美女？拜託誰來告訴我這一切都不是真的……」

「哎呀，我是可以理解好色村小弟你難以置信的心情，不過是真的喔。」

「該不會是因為那個叫做什麼『戀愛症候群』的發情期吧？」

「就是那個啊……這樣下去我遲早會因為精神失控，做出奇特行為或是當眾大聲告白，說不定會導致社會性死亡。我所剩下的時間已經不多了。」

亞特也有聽說過「戀愛症候群愛戀失控現象」，所以了解這種病症。

他是沒想到身邊就有出現徵兆的對象，不過想到傑羅斯到現在還是個光棍，亞特也不禁冒出了『他要是結了婚，應該就會安定下來了吧？』的想法。

從亞特的角度來看，比起戀愛症候群造成的失控，傑羅斯基於個人嗜好做出的失控行為可怕得多了，亞特根本不知道自己什麼時候又得陪他去做誇張又危險的實驗。

一旁的好色村則是不敢相信竟然會有女性心儀傑羅斯的事實。

「為、為什麼會有人喜歡這種大叔……而且還有兩個人……昨天那位聖女大人跟大姊頭竟然是你的對象？她們也太沒眼光了吧……」

「我說好色村小弟，你在當事人面前這樣說不覺得失禮嗎？我也跟一般人一樣對女性有興趣啊。」

「問題出在你的個性上吧，你的個性明明就超瘋狂的！」

「你很沒禮貌耶……我可以揍你嗎？」

「哎呀，我也是可以理解好色村想說的話啦。畢竟你有時候會為了個人嗜好而不惜利用他人，我就是那個老是被你拖下水的衰鬼。」

傑羅斯自己心裡是再清楚不過了。

不過他就是不想被有個病嬌年輕老婆的亞特，還有滿腦子都是色色想法的魯蛇男好色村這樣說。

因為這兩個人一點都不普通。

「原來在這個世界，人也會有發情期啊。那我搞不好也有機會……」

「啊～……你應該沒有喔。」

「你們太過分了吧？世界這麼大，即使是我這樣的人，可能也會有人青睞啊。」

「不是，戀愛症候群是魔力和精神波長互相影響而引發的共振現象，沉睡在體內的野性直覺會半強迫性地讓發病者與對手進行同步。精神共鳴現象會使腦波增幅，才會發生精神失控的狀況……」

「也就是說，發病者會像喝醉了一樣，毫無自覺地做出怪異行為，等回過神來才發現人已經在牢裡了。照我從傑羅斯先生那裡聽說的狀況，好色村你應該不用靠戀愛症候群，自己就會失控了吧……」

「不要把我當成怪胎啊！」

好色村一來到異世界就想打造奴隸後宮的行徑，不管怎麼想都是很失控。已經夠不正常了。戀愛症候群患者跟剛來到異世界便想要打造奴隸後宮的怪人。真不知道哪邊失控起來會好一點。

「好色村小弟啊，我還不想社會性死亡，她們兩個也一樣，這是無可奈何的事。」

「即使如此，突然冒出兩個老婆人選也太讓人羨慕了！社會上允許這種事情發生嗎！我可是淪為奴隸了耶！」

「這個世界除了某個宗教國家和一部分的小國家之外，一夫多妻或一妻多夫都是合法的喔？好色村你該不會……至今都不知道這件事吧？」

「……不是，因為我腦中只想著要打造奴隸後宮……」

好色村當時或許是因為不了解情報的重要性，他並沒有仔細去深入地蒐集情報，就欠缺思慮的做出「具有奴隸制度＝對奴隸做什麼都ＯＫ」的解釋。

換句話來說，他的個性就是只能做出如此膚淺的思考。

他雖然偶爾也會說些正經話，不過大多都只是順勢說出他當下想到的事情，讓人覺得他實際上並沒有認真思考過自己所說的話具有什麼意義。

「……好色村你啊～應該就是那種會不先看過說明書，就自己動手亂組模型的人吧。在學校應該也是到了考試前才臨時抱佛腳，死到臨頭了才急著想辦法吧。」

「你、你怎麼會知道？」

「等到發現零件數量不對，才會拿說明書出來看嗎？原來這世上真的有這種人存在喔。而且考試前一天才臨時抱佛腳是有個屁用。」

「說明書這種東西等搞不清楚的時候再看就可以了啊，參考書和人生也是一樣啦！」

好色村就是到了考試前一晚才在那邊熬夜惡補的類型。

平常不認真上課，等碰到麻煩了才想要認真行動。

然而在大多數的情況下，這種時候多半都已經來不及補救了。

所以說學習不單只是學校課業，在平常的生活中也必須多方學習。總是順從惰性生活的人不可能會有所成長。

以好色村的狀況來說，由於他把性慾的優先順序排得比一般人更前面，所以做起事情來才會不經大腦吧。該說他即便如此也沒變成一個極度缺乏常識的人，還算有救嗎？

「我說好色村啊……你真的該再認真點過生活。」

「不要管我！」

「啊，我差不多該走了。那麼兩位，拆解工作就拜託你們了。」

「你要自己一個人去享受幸福嗎！起碼介紹一個給我啦～傑羅斯先生～～～～！」

大叔背對好色村懇切的哀求聲，朝著教會的後門走去。

「好啦，我們畢竟是拿人薪水的，趕快開始幹活嘍。」

「這個世界……太不公平了。」

人生就是這麼一回事。

◇◇◇◇◇◇◇

在索利斯提亞公爵家別館的某間房內，三兄妹難得地齊聚一堂。

不，正確來說有點不一樣。

庫洛伊薩斯是想接受傑羅斯的指導，才在前一天的傍晚時分來到這棟別館，但是他隔天早上看到茨維特和瑟雷絲提娜在用「錬成台」練習魔導錬成，勾起了他的興趣，最後厭倦旁觀，自己也加入了他們的行列。

一旦對什麼事物產生了興趣，就連自己最初的目的都會忘得一乾二淨，庫洛伊薩斯就是這樣一個貪求且忠於求知慾的青年。

「……嗯，在進行魔導錬成時，比起普通金屬，祕銀反而更好操控呢。是因為魔力傳導率不同嗎？」

「可是要合成兩種不同的金屬，難度就會上升喔。」

「是因為將不同金屬融合，兩種金屬的特質會產生互斥作用嗎？很有意思呢。」

「那些事情都不重要啦，你不要搶走我要用的錬成台。」

各種不同種類的金屬正在錬成台上跳著奇怪的舞蹈。

儘管金屬有如史萊姆般柔軟地扭動著，卻還是好好地保持著原有的硬度，這個在魔導錬成的過程中能夠完全無視物理法則的效果實在令人百思不得其解。

名為魔力的能源真的具有十分奇妙的特性。

「馬上就會有人從倉庫拿別的鍊成台過來了，哥哥你在那之前就好好放鬆一下吧。話說回來，魔導鍊成真的很有趣……不妙，我的魔力已經……」

「你再多鍛鍊一下自己啦。你的魔力持有量根本就比我或瑟雷絲緹娜還低吧？」

「我不能疏於研究啊。要是有可以迅速提昇魔力量的方法就好了。」

「那只要持續對自己使用強化魔法就好了吧？雖然一開始需要準備幾瓶魔力藥水，不過這樣一來庫洛伊薩斯哥哥也能進行訓練了吧。」

「這還真是個傷腦筋的問題呢。」

只要是與魔法有關，不管是哪方面的研究，庫洛伊薩斯都會參一腳。

雖然大多數的研究都需要使用魔力，不過平常他身旁還會有許多其他的研究員，所以大家會輪流進行調查或實驗，很少發生自身魔力枯竭的狀況。

反過來說，這也就表示他訓練不到自己，無法增加持有的魔力量。

有其他人在場的話還好說，一個人進行研究時，持有魔力量太低會變成研究時無法突破的瓶頸，害他經常沒辦法按照預期的時程進行研究。

「除此之外有沒有其他能增加魔力量的方法啊……」

「你啊……說這什麼強人所難的話。不然你去學武術的『練氣法』好了？」

「傳說中的『精靈樹種子』或『世界樹果實』好像具有這種功效，不過沒人實際看過這些東西。雖然我是覺得老師可能會知道這方面的事……」

「即使發現了，也很難判斷那東西究竟是真是假吧。傑羅斯閣下手上不知道有沒有？」

「不然亞特手上可能會有吧。因為他以前好像有跟師傅一起去冒險過。」

「亞特閣下嗎……嗯。」

既然經常需要使用魔力，持有的魔力量當然是愈多愈好。

可是庫洛伊薩斯並不想鍛鍊自己，他就是覺得有時間去鍛鍊，還不如把時間拿去專心做研究或實驗的那種人。

然而持有魔力量太少也是他深切煩惱的問題。

「嗯~……我是否該直接詢問亞特閣下看看呢。」

「你不打算找師傅啊？」

「要是去找傑羅斯閣下商量，總覺得他會帶我去很可怕的地方進行嚴苛的訓練。我不想做那種愚蠢又無謂的勞動行為。」

「『言下之意是指我們是笨蛋嗎？』」

在庫洛伊薩斯的生活中，研究的優先順序遠高於一切，他甚至會把用餐或睡眠等人類生存所需的行為放在一邊不管，總之先做研究。

就算會影響到自己的身體狀況也一樣。

所以他不可能把時間拿去用在他一點興趣都沒有的鍛鍊上。

當然，他對於別人要去做自我鍛鍊這件事沒有任何偏見，只是他冷漠的外觀與說話方式，讓茨維特和瑟雷絲提娜覺得他像是在挖苦人。

他現在似乎還不打算介入那兩人的對話中。

他平常就是那種事情都讓別人去做，等進展順利後再把功勞全搶過來的人。說穿了就是個垃圾。

舉例來說，火繩槍其實是他們的勇者夥伴之一，製造者「佐佐木學」（俗稱阿佐）所提倡，並一步一腳印地進行研究，才做出成果的東西。

然而大地卻在不知不覺間坐上了開發領導人的位子。

該說他聰明嗎，他明明什麼都不做，卻很擅長把別人的功勞攬過來，還喜於爭權奪利。

現在也自詡為勇者們的領袖。

『總之先不管笹木這個笨蛋。那條龍確實很讓人在意，竟然襲擊神殿……』

學以前在路那．沙克城對抗過的殭屍，是勇者的魂魄聚集而成的惡靈。

假設這些勇者對梅提斯聖法神國心懷怨恨，就可以理解殭屍為何會襲擊路那．沙克城了。因為他們恨得巴不得毀滅掉這個國家。

在教會或神殿裡，有許多前輩勇者們最恨的神官和祭司們。

學推測龍之所以會優先襲擊這些地方，就是因為牠知道可恨的對象都聚集在那裡。

『是死去的勇者篡奪了龍的身體後開始襲擊城鎮……嗎？是我想太多了吧？』

關於這一點，確實是學想太多了，不過遺憾的是目前沒有足夠的要素能否定這個推測，不如說手邊的情報給出的都是肯定的要素，以結果來說反而讓他的推測更趨近於真實。

「……所以，就用聖劍。」

「但那可是我國的聖遺物啊？怎麼可以這樣隨便就把我國的聖遺物……」

「所以才該嘗試看看……您都說還留有些許力量了吧？只要試過一次，證明它還有用的話……」

「可是我們不能失去聖劍……不……我知道現在確實是國難當前……」

龍臣和米哈洛夫法皇還在交談，其他祭司和勇者也都沒有插嘴。

學在顧著沉思的時候，兩人的對話仍持續進行著，除了知道他們好像在爭論什麼之外，學不清楚他們到底在討論什麼。完全沒有在聽。

『……嗯？聖劍？』

在學的印象中，據說當時用來封印邪神的聖劍，已經成了勉強保有原形的破銅爛鐵。是把嚴重毀損的武器才對。

他不懂為什麼這時要提起那把連拿去當古董都賣不了幾個錢的廢鐵劍。

「考慮到這將左右國家的命運，不得不這麼做嗎……所以說要由誰來試？」

「啊啊～這件事交給八坂就行了吧？我得在國境監視獸人，所以只能交給沒事幹的傢伙來驗證了吧。」

「「啥？」」

旁邊的人突然提到自己的名字，讓學和龍臣甚至忘記現場還有當權人士，忘了要用禮貌的態度說話，忍不住大喊出聲。

「等一下，笹木！你想叫我去做什麼？」

「怎麼？你沒在聽嗎？我叫你用蘊含在聖劍裡的力量去打倒那條龍啊。我先聲明，你沒有權利拒絕

「笹木，既然你這麼想，就自己去啊！畢竟你的能力比我還強嘛。而且很不巧的，我這個人絕不打沒把握的仗。」

「唔呃……」

大地或許沒想到學會這樣反咬他一口吧，他一下子說不出話來。

學立刻趁勝追擊。

「而且龍不是會襲擊神殿之類的設施嗎？要是我出去找龍的途中，這裡遭到襲擊的話怎麼辦？」

「這問題交給八坂你去想啊，我都把討伐龍的工作交給你了。」

「完全無視我的意願，你也太不講理了吧！我可不記得我有答應你喔。」

大地擺出一副「我已經沒什麼話好跟你說了」的態度，站了起來。

學不是那種會率先投身於戰鬥的類型，不如說他會為了保全自己，與敵人保持距離，逃離危險。更重要的是，他根本不想接受這種沒有任何作戰方案，有勇無謀的任務。

所以學才會開口牽制一碰到對自己不利的事情就打算逃跑的大地。

「我暫時連遠征都不會參加喔。」

「等一下，八坂，你沒聽到我說的話嗎？我要你負責打敗那條龍耶？」

「那你至少想個有用的作戰方案啊。如果沒有的話，我就要按照我的方式去做。反正這裡近期內就會遭受攻擊了吧。」

「……你為什麼會這樣想？八坂你是知道那條龍什麼嗎？」

「照報告的內容來看，龍會攻擊神殿或教會，有時候也會攻擊城砦。我想牠應該是不想被敵人掌握自己的動向才會這樣行動的，那麼牠的最終目的地肯定就是這裡了。」

「我不認為飛天蜥蜴會有那麼高的智商。」

大地這樂觀的回應讓學無奈地嘆了一口氣。

雖然說學早就知道了，不過大地也是個超級自我中心的人。

「我說啊～……牠可是會優先襲擊神殿喔，不管怎麼想，都應該認為這條龍具有與人類相當的智慧吧。笹木你啊～到底有沒有認真在看報告？」

「當、當然有。我可是勇者們的領袖耶？我才不會做那麼不負責任的事。」

「啥？你說你是領袖？唉，雖然那種事情根本不重要，不過你口中的勇者包括我在內，應該只有少數幾個人吧？然後在那之中能作戰的只有我、川本和你。如果田邊和一条還在就好了，但他們奉命要去搜索邪神，去了其他國家。我是覺得現在不該分散我們寶貴的戰力，這點你怎麼看？」

「唔……」

即使大地很擅長搶走別人的功勞，卻不知道該怎麼應付別人突如其來的合理質詢。

若要用一句話形容來「笹木大地」這個男人，那就是小奸小惡之徒。

他身為勇者的能力很強，卻是個膽小鬼，會討好地位比自己高的人，面對平輩或地位比自己低的對象卻總是擺出一副高高在上的態度。就是那種習慣把麻煩事推給下屬，自己只會邀功，做出這種職場霸凌行為的垃圾主管。

實際上他以前對學他們說話的態度還比較客氣一點，可是在岩田和姬島這些地位比他高的人全都不在了以後，他的地位和立場也自然而然地有所提昇，讓他因此得意起來，一改原有的態度。不，應該說他是終於露出了本性吧。

如果龍臣在他身邊，那情況或許會有所不同吧，可是在龍臣外出去巡視邊境的期間內，大地總是以領袖自居來行動（把事情都推給其他人），現在已經囂張到了即使在龍臣面前還是會擺出那副態度的程度。簡單說他就是在不好的方面得到了自信。

這時龍臣對看到大地變成問題兒童而氣憤不已的學伸出了援手。

「八坂的意見也很有道理，隨便調動部隊很有可能只會換得徒勞無功的結果。而且沒讓騎士們好好休養一下，他們也會因為過於疲勞而無法行動的。」

「這、這樣啊……那就沒辦法了。」

「如果不趁現在準備好用來對抗龍的裝備，等這裡遭受襲擊時，我們就只能坐以待斃了。笹木……你的部門是專門經手武器生產及管理事務的吧？我覺得你起碼該準備個大砲。」

「大砲……八坂，你不要說這種強人所難的事啦。我不確定來不來得及，不過我會交代那個噁心阿宅去做。」

「你不要太勉強阿佐喔，他畢竟是為數不多的生產職。」

「我知道啦！」

因為狀況變得對自己不利了，大地表情有些不悅的離開了現場。

應該是事情沒按照他的想法發展，覺得不爽吧。

學厭煩地嘆了一口氣，起身離席，準備回到自己的房間。

「笹木也真是傷腦筋，他的個性是什麼時候變成那樣的啊？」

「同情我的話就幫幫我啊，川本～……因為那個笨蛋明明不出去作戰，卻很擅長在背後搞小動作，總是把麻煩的事情推給我～而且還愈來愈過分……」

「這點我也和你一樣啊……」

看龍臣臉上浮現苦笑，學也意思意思地對他笑了笑。

「所以說，聖劍的事情就麻煩你評估了。我想這也不是單憑法皇大人一個人的意見就能決定的。」

「嗯，是啊……這邊我會想辦法的。」

儘管緩慢，勇者與「滅魔龍賈巴沃克」相遇的時刻仍確實地逐漸逼近。

第十話　大叔去約會（？）

太陽升起，在早晨寧靜清爽的空氣由於人們所散發出的活力，漸漸開始變得嘈雜的時候。

傑羅斯和路賽莉絲帶著仍不肯面對現實的嘉內，來到了桑特魯城的市街上。

然而大叔在此時發現了一件重要的事情。

『……糟糕，雖然到了市街上，可是該去哪裡玩啊？』

說穿了，傑羅斯根本不知道這個世界有哪些約會景點。

地球上充滿了諸如電影院或遊樂園之類的娛樂設施，就算沒想太多就出門，也不至於無聊到無處可去，可是他不知道在這個異世界的中世紀水平文化圈裡該如何找地方玩。

順帶一提，他當然也不知道年輕少女會喜歡去什麼地方。

畢竟他至今為止都過著只注重自己興趣的人生。

『這、這樣我根本無法好好帶她們去玩啊，傷腦筋……』

大叔立刻碰上了危機。

「傑羅斯先生，我們要去哪裡呢？」

「這個嘛……雖然去劇院欣賞表演也是個好選項，可是我不知道現在在上演的戲碼是什麼，要不要先去看看呢？」

「劇院……是嗎？」

路賽莉絲不知為何對這個提案不是很感興趣。

既然如此，大叔想得到的只有去市場之類的地方逛街購物了，可是這樣感覺就跟平常的採買沒兩樣，不像是在約會了。

大叔一邊思考該如何是好，一邊看向嘉內。出現在他眼前是個一身休閒風打扮的帥氣女孩。

「……幹、幹嘛啦。」

「沒有，我只是覺得這身打扮很適合妳。休閒風長褲搭配運動風坦克背心，還有薄外套……」

「除了外套之外的衣物都是伊莉絲她們硬塞給我的啦。嘴裡說著『嘉內小姐，妳總是只穿著內搭服，太沒女人味了啦～這樣怎麼算得上是女人呢！』之類的話……」

也就是說如果伊莉絲沒有提醒她，她平常就會穿著傭兵常穿的內搭服度過一整天。以大叔的立場而言，他簡直想立刻對雷娜和伊莉絲說聲幹得好。

不過身為沒什麼財產，總是過一天算一天的傭兵，嘉內當然不可能去買什麼高價衣物，所以大叔推測她這身應該是二手貨。

「真虧妳們能找到靠傭兵的收入還買得起的衣服，這應該也不便宜吧。」

「據說是某間商家倒閉，所以正在大量拋售基本上不算是二手貨，幾乎跟新衣沒兩樣的衣服。畢竟很便宜，再加上雷娜她們又猛烈推薦我，我就忍不住買了……」

「那運氣還真是不錯呢，算是買到了好東西啊。真的很適合妳喔。」

「是、是這樣嗎……？」

嘉內害羞的模樣比她實際的年齡看起來更稚嫩，實在可愛。

害大叔差點露出隱藏起來的虐待狂表情。

「路賽莉絲小姐穿的是平常的神官服啊，有點遺憾呢……」

「到結婚之前我都是神官。雖然我不打算從見習神官再升上去就是了。」

「這樣沒問題嗎？雖然我覺得梅爾拉薩祭司長會在報告上動手腳，讓妳維持見習神官的身分就是了……」

「一般來說是不行，不過這裡不是梅提斯聖法神國，在某種程度上算是滿自由的喔？不如說大家根本都不想回去那個國家。」

在梅提斯聖法神國包括結婚在內，無論大大小小的事情都必須經過上級同意，所以有不少神官選擇在可以享受自由，隨心所欲生活的索利斯提亞魔法王國結婚。

儘管害怕異端審問官這些懲罰隊，可是沒得到索利斯提亞魔法王國的許可，他們也無法隨意入境，現在也沒有餘力派人過來施加政治壓力。

所以那些來到其他國家的神官一點都不想回祖國，紛紛在國外享受著自己的春天。

「那個國家是不是真的快不行了啊。」

「反正對這個國家的人來說是隔岸觀火，就算那個國家滅亡了，也沒人會在意。」

「路，妳不能說這種話吧……」

路賽莉絲真的是個現實主義者。

雖說盛衰榮枯乃人世之常，可是即使自己所屬宗教團體的宗主國快要滅亡了，她依舊不為所動，不如說還很高興自己終於可以斬斷這段孽緣。

大叔認為她這個性很有可能是受到養育者影響，懷疑這是某位祭司長造成的了。

「好了，那我們接下來要去哪裡呢。」

「這個嘛……我們去市場看看怎麼樣？」

「路……那樣只是普通的出門購物吧？根本不算約會啊。」

「那就由嘉內妳決定吧。我也是第一次跟人約會，不知道該去哪裡好。」

「不要問我啦！」

這三個人都太缺乏戀愛經驗了，完全不知道約會該去些什麼地方。

這狀況說來實在可笑。

「嗯……那麼，我們去一些兩位覺得很懷念的地方，怎麼樣？」

「懷念的地方……？」

「嗯，雖然我也去過這鎮上的許多地方，不過大致上都是去些固定的地點。難得有這個機會，我想去一些我沒去過的地方。」

「即使你這樣說～我們知道的地方也……」

「啊，既然這樣，我知道一個不錯的地方，請跟我來。」

路賽莉絲邊說邊率先走了出去。

傑羅斯和嘉內也跟在她身後。

路賽莉絲轉進狹小巷弄中，在幾度左彎右拐的道路上前進後，來到了一間小小的店鋪。

店裡的客人幾乎都是小孩子，他們分別用自己購買的零食跟朋友交換，大家一起開心地享用著。

『小孩子……是類似柑仔店的地方嗎？』

店裡販售的商品是零食和便宜的玩具，感覺上很像老式的柑仔店。

唯一不同的是這裡賣的零食幾乎都是自家製的產品，店裡散發著糖果特有的甜膩香味。順帶一提，負責顧店的是一位走路搖搖晃晃的瘦小老婆婆。

「啊～好懷念喔。我們以前也常常來這裡買零食呢～原來這家店還在喔。」

「這裡的價錢也很便宜呢，是用小朋友的零用錢也能購買的合理價位。」

這是一家會莫名地引發鄉愁的神奇店鋪。

大叔抱持著找回童心的感覺環顧店內，發現一樣令人懷念的商品，不禁在心裡嘀咕著『原來這個世界也有這種東西啊』。

那個東西乍看之下像是把一疊小小的信封捆在一起，不過裡面裝的是偶像之類的照片，只要付錢就可以按順序抽一張，是一種用抽籤的方式販售的商品。

傑羅斯小時候也曾經在自家附近的柑仔店看到好幾串那樣的東西掛在貨架上。

『只不過這裡面應該不是照片吧～表面也因為日曬褪了色，看不出裡面是什麼呢。』

正當傑羅斯這麼想的時候，有小孩子從他身旁抽出了幾個小信封袋。

他很在意裡面到底裝了什麼。

「什麼嘛……『爛醉路邊乾杯』喔。這已經是第三張了～」

「我的是……『婚禮第三攤乾杯』。攻擊力有２００。」

「我的是『開庭勝訴乾杯』。呃……攻擊力有１５００。」

『……哈囉？』

裝在裡面的似乎是卡片遊戲的卡片，重點是內容很奇怪。不知為何最後都加上了「乾杯」。

大叔不禁從後面偷看孩子們手中的卡片，看到上面的畫著一個被埋在垃圾堆裡的上班族男性，正用單手舉起了酒瓶要乾杯。

「啊，『報復掠奪婚姻活該啦乾杯』……這是稀有卡耶，攻擊力２５００。」

「喔喔，好強喔～」

「我第一次看到耶。」

『……這是什麼鬼。』

意義不明的卡片令大叔困惑不已。

他再次凝視掛在貨架上那串裝了卡片的信封袋，發現褪色的表面上淡淡地寫著「乾杯收藏」。

而且發行商又是梅提斯聖法出版。

看樣子他們也沒放過卡片遊戲事業。

『又是抄襲……不對，根本是仿冒品吧！而且既然有攻擊力，卻沒有防禦力嗎？更重要的是這要怎麼玩啊！』

「特殊效果好像是讓擁有篡奪效果的千金系卡片攻擊力減少５００，還有讓帥哥王子系卡片可以回到牌堆當中。而且每回合還會扣１００點生命值。」

「「「喔喔～很強耶。」」」

『有生命值？意外地是個相當複雜的遊戲嗎？』

傑羅斯腦中浮現的某款卡片遊戲，因為特殊效果以及可以攻擊生命點數的卡片愈來愈複雜，到後來可以利用卡牌搭配組合做到在一回合之內擊倒對手，或是製造出無限迴圈來破壞牌組等的強者玩家愈來愈多，有許多值得鑽研的遊玩要素，是相當深奧的一款卡牌遊戲，同時也是很挑客群的商品。

老實說，對於會流連於柑仔店的小孩子來說實在太複雜了。

而這款乾杯收藏很有可能是類似的遊戲。

『這真的是給小孩子玩的嗎？設計得單純一點會比較好賣吧……』

大叔真的不懂某個宗教國家在想什麼。

雖然應該是勇者帶來的知識造成這種狀況的，不過還是很難抹去那國家企圖一舉致富，並以獨占市場為目標的感覺。

「咦？這個不是『乾杯收藏』耶。」

「真的耶……上面寫著『大日本皇國萬歲』。」

「是別的遊戲嘛。」

『居然是「萬歲收藏」？而且他們說大日本皇國……』

沒想到還有第二彈。

感覺根本是抱著既然是在異世界那就無所謂的心情，想幹嘛就幹嘛的商品。

而且大叔也很難判斷這些孩子是長期缺乏娛樂，才會覺得有這種亂七八糟的卡片遊戲可玩也好，還是只是因為內心還很單純，一時鬼迷心竅才玩的。

不過只有這點他敢斷言。

那就是『拜託你們好好想過商品名再開賣啦！』——

「……是不是差不多該除掉那個國家了？」

「你在說什麼？」

「唔喔！」

路賽莉絲在不知不覺間來到了大叔的身後。

她手上拿著裝有零食的小紙袋，愣愣地看著大叔。

「嚇我一跳……妳是什麼時候走到我背後的？」

「就在剛剛，是說你剛剛是不是小聲地做出了什麼危險發言？」

「很危險嗎？那可是連倫理道德淪喪的書籍都能拿出來大量販售的國家喔，不覺得那裡就算滅亡了也無所謂嗎？」

「我同意你的說法，可是我覺得那不是該在這種地方提起的事情。」

『居然同意了啊……』大叔在心中嘀咕著。雖然大叔也和她有同感……

比起這個，大叔更在意「大日本皇國」這個國名。

這款卡片遊戲裡面出現的國家名稱，明顯地和傑羅斯所知的不同。

當然有可能是因為發行商的意向而從帝國更改為皇國，但這個世界的人類就算缺乏娛樂，也不知道他們究竟會不會審核到這個部分。

真要說起來，如果發行商具有會想要審核出版品的道德倫理觀念，就不會允許那些內容慘到不行又拖拖拉拉的漫畫在市面上販售了吧。

『勇者們是從跟我不同世界線的地球被召喚過來的嗎……』

無視個人意願的受召喚前來，即便死後成了只有魂魄的存在，仍無法得到解脫，變成侵蝕這個世界法則的可悲存在。

這些勇者們遺留下來的文化，似乎也正侵蝕著這個世界。

雖說散布扭曲的文化也是相當嚴重的問題，不過侵蝕法則有可能會導致這個世界崩壞，最糟的情況下甚至有可能會連累到鄰近的世界。

『雖然我讓阿爾菲雅小姐復活了，可是她真的能夠阻止次元連鎖崩壞發生嗎？她是說沒能解決掉剩下兩隻的話，她就無法成為完全體……』

復活的小邪神如果沒能獲得剩下的兩個管理權限碼，就無法成為完全體，將會是個空有無限力量卻派不上用場的女神。

能夠管理宇宙規模現象的演算能力現在仍因為權限遭到封印，幾乎完全沒有使用到，說這能力根本派不上用場也不為過。

不，正確來說她好像為了做別的事情，而全力運轉著她的超高演算能力，正在建構某項程式。

『話說最近沒什麼看到她人呢～不過像她那種誇張的存在可以到處趴趴走本身就很危險了……』

雖然大叔完全忘記了，不過他最近都沒看到阿爾菲雅・梅加斯的身影。

畢竟是跟受傷、生病絕緣的超高次元生命體，所以大叔是不擔心她。甚至還比較擔心世界的安危。

畢竟因為她的一個不小心，在現在這瞬間便毀掉了世界也不是什麼奇怪的事。

「啊，糟糕……我居然就這樣放著我們家的小邪神不管。」

儘管現在才說這種話也太遲了，可是大叔這才發現自己竟然放任那種極為危險的存在在外亂跑。

放著不管的結果，就是她不知道從哪裡撿回了其中一隻四神，現在正封印在二樓的倉庫裡面（大叔沒發現連溫蒂雅都在那裡）。

大叔也很擔心她會不會又撿了什麼奇怪的東西回家。

「阿爾菲雅小姐怎麼了？」

「……沒事，只是我有一段時間沒看到她了，有點在意她現在正在做什麼。」

「我很常在鎮上的攤販看到她喔，她也會來教會用餐，而且……」

「而且？」

「她現在正在店裡面，打算要買零食喔？」

「…………………咦？」

店內深處的零食製作工坊區聚集了很多小孩子，而這些孩子當中有一個眼熟的歌德蘿莉少女。

而且不知道為什麼，少女好像跟一旁的嘉內起了爭執。

「……她、她是什麼時候來的？我們進店裡的時候還沒看到她吧？」

「我也是剛剛才發現的。」

「她好像跟嘉內小姐起了爭執耶。」

「的確起了爭執呢……」

正在廚房前等待零食出爐的小孩們與歌德蘿莉神。

嘉內不知為何也站在他們當中，而嘉內和歌德蘿莉神雖然不到吵架的程度，但好像起了什麼爭執。

「為何不行！」

「妳也想想在這裡排隊的孩子們，大家都很期待的在等耶。」

「哼，反正吾有付錢，根本無所謂吧。吾可是客人，而且不是店員的汝為何要對吾指指點點。對店家來說，顧客就是神吧。」

「還不是妳說要一個人買走所有剛出爐的零食！」

『『…………』』

小邪神打算買走所有剛出爐的零食。

在小孩子捏著少少的零用錢來買零食或玩具的店裡這樣大掃購，已經不是幼不幼稚的問題，根本是種卑鄙的行為。

高次元的存在竟然做出這種事，簡直毫無威嚴。

「我說大叔啊……你好歹算是她的監護人吧。你是不是該教教她所謂的一般常識？」

「哇，竟然把矛頭指向我了。很遺憾，一般常識對阿爾菲雅小姐是不管用的喔。不過妳為什麼會變得這麼貪吃啊……」

「無禮，吾很清楚一般常識為何，只是無意遵從。這就是所謂的個人特色吧。」

「這才不是什麼個人特色咧！妳只是在耍任性。就算大叔不管妳，我也會管到底的。」

「任性也是一種個人特色啊……等等，那個宛如看到無可救藥之人的眼神是怎樣？太無禮了。」

從周圍的人的角度來看，阿爾菲雅的確是無可救藥。

說到底人類對她而言只是塵芥，她當然不可能會做出體恤蟲子這種事，所以才會如此任性。而且她完全沒有惡意。

「我才想說一陣子沒看到妳了，妳居然都泡在這種地方？也不必全都買下來吧……」

「吾又不是天天來，買這麼多也很合理吧。吾才剛完成一項工作回來，汝等怎會如此小心眼。」

「我覺得妳至少該對小孩子寬容一點啊。」

「吾這種高次元存在，怎可能去顧慮小童？」

「既然是高次元存在，就該表現出符合妳位階的氣量吧。從旁觀的角度來看，妳就是個討人厭的小孩子啊。」

「唔……」

不管怎麼看，她都只是個幼稚的小女孩。

一想到世界竟是由這種女神在管理的，大叔便不禁頭痛起來。

「是說妳想要一個人全部買下的是什麼東西？」

「是一種叫做波瓦瓦的油炸零嘴。就是你們常說的……那個吧，跟沙翁很像。」

「啊～……類似甜甜圈的玩意兒啊。」

「一個大約是拇指頭大的一口尺寸，從以前就是賣給小孩子吃的零食。我跟嘉內小時候也很常吃呢。」

「祭司長常常買回來給我們當點心呢……當然她那時候一定都喝得醉醺醺的。」

既然是小孩也買得起的零食，表示就算大量購買，也花不了多少錢。

根本不需要有所顧慮。

即使對她說明人類的道德觀念，也只是對牛彈琴。

「路賽莉絲小姐，這條小巷繼續走會通到哪裡啊？」

「前面是中央公園旁的市場。我們以前常常在這一帶跑來跑去。」

「然後整天拿著木棍跟人吵架呢。雖然木材不是拿來當武器，只是虛張聲勢用的啦……」

「……」

嘉內憶起當年。

即使知道那只是小孩子在吵架，但不知道為什麼，光聽她的敘述還是會覺得那場面格外危險。

儘管不清楚細節，不過應該是調皮孩子們之間掀起的小巷戰爭吧。

「喔？另一頭飄來了香氣吶～」

「這味道是在烤肉嗎？是說妳也未免太貪吃了吧。」

「無所謂吧。既然有付錢，吾便是客人。」

「話是這樣說沒錯，但我有股奇怪的預感……」

大叔憑借直覺感應到了一股奇怪的感覺，卻不知道那股感覺究竟是什麼，很是困惑。

四人就在聊著這些事情時走出了小巷，眼前是一片熱鬧的市場風景。

市場上已經聚集了很多人，氣氛因為正在高聲叫賣招攬客人的攤販，以及殺價殺得起勁的客人而顯得熱鬧非凡。

「好熱鬧呢。」

「嘉內的衣服也是在這裡買的吧？」

「因為很便宜，雷娜跟伊莉絲又建議我買……」

「這麼漂亮的衣服幾乎等於是新品嘛，就算是二手貨應該也是不便宜啊～雖然不知道定價是多少，但這衣服用接近原價的價格拿出來賣也不奇怪吧，真虧妳能殺那麼多價耶？」

「關於這點，我想應該是因為雷娜那傢伙在老闆耳邊說了幾句話……我沒有多問，不過他們好像認識。」

「是因為認識，所以用特別便宜的友情價賣給妳了嗎？」

這三個人不知道。

攤販老闆其實沉迷於賭博和女色，幾天前在賭場因為起了色心跑去挑戰雷娜，結果徹底慘敗，輸得連條褲子都不剩。

雷娜出於同情，同意把衣服和一部分的賭金還給對方，不過相對的，在她去採購衣服的時候，老闆得從賭輸的金額裡面給她一些折扣，而且兩人還白紙黑字地寫下了合約。

不知道背後緣由的傑羅斯一行人，還感動地想著『老闆真有人情味～』，然而事實可沒有那麼美好。

「哎呀？沒看到阿爾菲雅小姐耶？」

「她被香氣給釣走，衝向攤販了喔。」

『她已經沒有半點身為高次元存在的威嚴了……』

雖然這個小邪神不知道在大叔沒看見的地方做了些什麼，不過幸好大叔很快就找到她了。不出所料，她人就在烤肉串的攤販前面……真的有夠忠於食慾。

但小邪神似乎又在攤販前面跟老闆起了爭執。

「為何不行！」

「我說小姑娘啊～老實說我很感謝妳這麼欣賞小店的口味，但也不能全都買走吧，這樣其他客人會沒東西可買的。」

「吾有付錢啊？汝也沒有損失吧，為何要限制吾的購買數量！」

「我想多讓其他客人也嚐嚐看我不斷嘗試後終於調配出來的口味，所以不希望妳一個人獨占這一切啊。不光是我，其他店家的老闆也是這樣想的。」

「吾不能接受，吾可是支付了代價從汝手中購買了商品，哪裡有問題？吾可是照著正常的規矩來啊。」

「所以說不是那個問題嘛。」

『『『…………』』』

小邪神顯然是包下店家商品的慣犯。

包括大叔在內的人都對她這種行徑不敢恭維。

「不然是什麼問題！」

「啊～……比起只為一個人烤肉，我只是想讓更多人品嚐我的手藝。而且要我只為了一個客人持續烤肉到太陽下山，這也有點……」

「吾是客人耶？汝是瞧不起客人嗎！」

小邪神跟那種隨便找理由抱怨店家商品的惡質奧客不同，她會確實地給予商品好評，並且付錢買下所有的商品，反而更難搞。

以店家的立場而言，正因為她也算是個好客人，實在很難拒絕她。

「好了好了，妳不要找店家麻煩。」

「唔喔？汝這是做什麼！放開，吾要買烤肉串！」

「雖然店家限制了妳的購買數量，但妳有買到就好了吧。而且剩下來的錢還可以拿去買其他攤販的商品啊。」

「唔……沒辦法，那吾就去其他攤販——」

當小邪神目光掃向其他攤販時，只見每個攤販的老闆都同時拿出了一塊看板。

上面寫著店家只針對小邪神設置了購買數量上限的文字。

「…………」

「妳至今到底是買光人家的商品多少次了啊？看起來是所有賣吃的攤販都要限制妳購買耶……」

「吾不能接受！」

小邪神非常不悅。

這時大叔注意到了一件事。

那就是『咦？我有給她足以買這麼多東西的錢嗎？』這件事——

不過他決定要先說服小邪神死心。

因為要是不小心惹她不高興，難保她不會在一怒之下毀滅整座城鎮……

◇　◇　◇　◇　◇　◇　◇

傑羅斯等人與鬧彆扭的阿爾菲雅道別後，來到了公園。

三人坐在長椅上，悠閒地望著眼前的平靜美景，一邊吃著方才買來的零食，一邊像老人家那樣悠哉地殺時間。

然而人就是一種會突然回過神來的生物。

『……咦？這與其說是在約會，更像是普通的散步吧？』

說起來大叔從少年時代以後，就莫名地沒什麼女人緣。

當時也頂多只是會和女生在放學後一起回家的路上，繞路去個書店或速食店罷了。

換句話說也只是在回家路上繞去閒逛，怎麼說都算不上是約會。

即使只有這點經驗的大叔，也感覺到現在這樣只是坐在長椅上曬太陽，卻一句話都沒聊的狀況不算是約會。

『總覺得不太對耶？而且…………』

大叔環顧公園，發現有帶著小孩的一家人正在野餐。

當然，即使是在原本的世界，這也是很常見的景象，問題出在……

「再來一組！」

「「「「一、二！一、二！」」」」

一名打赤膊戴著全臉面罩的大塊頭，正率領著一群剽悍的男人鍛鍊身體。

飛散的汗水閃閃發光，不斷釋放出多巴胺和腎上腺素的男人臉上帶著愉悅的笑容，正有條不紊地做印度深蹲。

「肌肉不會騙人！今天的損傷將化為明天的強悍，你們統統給我撐著！」

「「「「遵命，長官！」」」」

明明是在爽朗春陽照耀下的公園，卻有某一區像夏天一樣悶熱。

「我說……約會應該不是這樣的吧？我們這樣只是很普通的出來散步吧？」

「就算你這樣問我，我也不知道該怎麼說……」

嘉內誠實的感想正是大叔也想到了的事情。

但比起這個，他更在意眼前這群壯漢。

這是因為在他們之中——正確來說是位於中心的人物，是傑羅斯認識的人。

『「炸彈內藤」……不，「馬斯古德．路涅桑斯（文藝復興蒙面俠）」。你啊，這些人到底是幹嘛的？你該不會想在這個世界開始參加職業摔角……不對，是辦比賽？是這樣嗎？』

職業摔角手「炸彈內藤」。

玩家名是「馬斯古德．路涅桑斯（文藝復興蒙面俠）」。

在「Sword and Sorcery」裡是隸屬於「千年肌肉」團隊的頂尖攻略玩家，不如說他們是由一群推崇戰鬥的戰鬥中毒者組成的集團，座右銘是「去找出比自己更強大的魔物」，貫徹著肌肉（Power）與戰鬥的絕對主義。

同時也是「殲滅者」們製作的誇張裝備的老主顧。

「雖然不重要，不過那些看起來熱得要命的肌肉棒子到底是什麼人啊？」

「路……妳講話愈來愈狠了喔？雖然我也同意他們看起來熱的要命這點。那些傢伙是最近組成的團隊，我記得是叫『努力練成大肌肌』吧……」

「他們很有名嗎？」

「主要是因為矯正了素行不良的傭兵才出名的吧。如果知道西邊有跑去撈人油水的傭兵，就會立刻趕過去賞他們一記飛翔式飛身壓。要是東邊有恐嚇他人的傭兵，他們就會趕過去抱住對方，賞他一記熊抱固定。」

『他在「Sword and Sorcery」也幹過這些事喔，大家都說那是惡夢的肌肉擁抱。馬斯古德先生即使來到不同世界，做的事情還是一樣啊。他還真是貫徹始終耶……』

看他這麼有精神真是太好了。

不過傑羅斯並不想主動向他打招呼。

理由就是——

『我明明因為自己喜歡，才會選用瘦弱的大叔角色造型的，他卻對我說「哈哈哈哈！竟然用這麼瘦弱的角色造型，太不像話了。男人就是要強壯！沒錯，像我這樣的美妙肉體。肌肉！」這種話啊～』

——這麼一回事。

而且那明明是遊戲中的角色造型，他卻硬要說些「鍛鍊肌肉啦！這麼輕飄飄的身體哪能打倒敵人」這種莫名其妙的話。

真要說起來，無論是外表多麼瘦弱的角色，在遊戲裡鍛鍊也只會提高參數，不會長出肌肉。所以他絕對不可能練成肌肉棒子。

儘管如此，他還是會強迫別人鍛鍊肉體。

要是現在去找他，大叔知道自己絕對會被拖下水，成為他們的一員，為了明哲保身，他還是決定不要靠過去。甚至不想跟他扯上關係。

「你們幾個，這是最後一組了！我們來做驚奇肌肉伸展操。千萬別忘記，不可以突然讓肌肉休息啊。」

「「「「YES！肌肉、肌肉、努力、肌肉！」」」」

然後他們開始跳起了莫名其妙的肌肉舞蹈。

雖然不知道這哪裡算是伸展操，不過毫無保留地展現肌肉跳著舞的他們，確實無謂地耀眼。

「……我們到底看了什麼——不對，被迫看了些什麼呢？」

「我、我也不知道……」

『…………』

大叔覺得同鄉的詭異行徑實在太丟臉了，忍不住別過臉去。

小孩子用手指著這群人，家長出面阻止並帶走小孩，大白天就在喝酒（應該是從半夜喝通宵），日子過太爽的大叔們，正拿這些肌肉棒子當下酒菜炒熱氣氛。圍觀群眾逐漸增加的公園，已經化為一片混沌。

「……好久沒吃波瓦瓦了，真的很好吃呢。苦味、澀味、酸味和辣味的搭配組合，真的是頂級美味。」

「嘉內，我懂妳的心情，但請不要逃避現實。」

「不知道能夠逃避現實有多幸福呢……唉，就算精神上逃避了，現實也不會有任何改變吶。」

「傑羅斯先生，我們離開這裡吧？總覺得看著他們好像會聽到類似『肌肉最棒』或『Power就是肌肉！』之類的幻聽。」

「那可不行。既然這樣～我們就在被洗腦之前隨便找家店逛逛吧。啊，不如去寶石店看看如何？聽說那裡也有販賣魔導具，身為傭兵的嘉內小姐可能也會有興趣喔。」

「說、說得也是……畢竟嘉內有顆少女心，實際上應該對那種店很感興趣吧。」

大叔三人速速離開熱鬧無比的公園。

在各種意義上，這個世界似乎是真的很缺乏娛樂。

◇◇◇◇◇◇

另一方面，說到在傑羅斯家地下室拆解舊時代兵器的亞特和好色村——

『『…………』』

——兩人正默默地專心工作。

不過在進行拆解工作的只有亞特，好色村則是負責把拆下來的零件分門別類。

儘管不像傑羅斯那麼誇張，不過亞特拆解的速度也很快，大量的器材和金屬裝甲已經在好色村面前堆成一座小山，實在不是一個人來得及分類的量。

好色村漸漸開始不耐煩。

『……糟糕，裝甲還好說，但我不知道這些器材到底該怎麼分類啊。』

好色村的「鑑定」等級無法判斷這些器材屬於什麼類型，只能以外觀分辨，但即使同樣是警備用的無人兵器，使用的零件還是有些許差異。

可能是因為製造年代，以及標準機型或實驗機型等用途差異造成的差異吧，但好色村連這也無法分辨，分門別類的工作因此遇上了阻礙。

『已經堆了這麼多了。雖然說有領薪水，我還是想好好做完工作，可是這我沒辦法完成吧？』

如果是油壓懸吊系統或魔導力引擎之類的零件還好說，可是裡面還有榴彈或飛彈之類的危險物品，這類武裝因為有爆炸的疑慮，必須小心搬運，所以他的分類工作不管怎樣都快不起來。

光只是聚精會神做事都會覺得口渴。

『如果不頻繁安排休息時間，精神會先撐不住呢……』

好色村的集中力已經到達極限了。

他有自信，再繼續下去他一定會犯下嚴重的錯誤。

「亞特先生，我想稍微休息一下……」

「…………」

「喂～我說亞特先生啊～」

「……」

「你有聽到嗎？」

「……」

亞特始終默默地繼續工作。

「……亞特先生，是說色情遊戲裡面不是有各式各樣情境嗎？例如在野外、保健室、公廁或擠滿人的電車裡面搞起來之類的，你不覺得從現實層面來看，這些人應該都會被逮捕吧？」

「噗呼！」

「我是覺得就是因為在正常情況下根本不可能發生，男人才會對這種違反道德的情境感到興奮……如果在現實生活中這麼做可就糟了。」

「我哪知道那種事啊，你突然在說些什麼鬼話！」

「我想每個人一開始都會享受色情遊戲內的誇大內容，不過到了某個時間點便會忽然醒悟，『怎麼可能有這種事』、『日常生活中不可能會發生這種事』之類的……亞特先生，請你記住，色情遊戲或色情漫畫的情節，是絕對不可能出現在現實生活中的。」

「你為什麼要突然對我說這些話？」

好色村繼續說了下去。

「不管畫面裡的女孩們多麼理想，說穿了還是二次元的存在，不可能回應我們的色心。一旦體悟到了這點，突然就覺得非常空虛……」

「你的內心還真是深沉啊……但一般不就是這樣嗎？身為一個男人，我是可以體會你的心情……」

「亞特先生這樣的現充怎麼可能體會我這個魯蛇的心情！」

「那你知道完全沒有其他退路，被一個連選項都不給你的嚴重病嬌愛上有多辛苦嗎？過著墜入深沉黑暗畸戀、充滿刺激的每一天，偶爾上演衝擊或懸疑戲碼，有時候甚至會是降下腥風血雨的暴力內容喔。就連浪漫之神都會被菜刀給嚇跑。」

「我不懂你在說什……不，抱歉。」

俗話雖說國外的月亮比較圓，不過亞特的情況應該說是鄰家的客廳比較血腥吧。有時候是真的會掀起腥風血雨。

主要是唯下的手……

「比起這個，你為什麼要突然聊起色情遊戲啦。」

「沒啊，只是因為我有點累了。想說要休息一下～然後出聲問了你，可是亞特先生好像一直沒有聽見……」

「啊～……我因為這單調的工作累了，所以偷懶玩了一下。」

「玩？」

好色村看了看亞特手邊，發現一尊某勇者系列第一部作品的機器人正在舞動著。

而且還擺出了在作品裡絕對不會擺的煽情姿勢。

看來亞特是利用魔導鍊成，打造了一尊小型魔像出來玩。

「人家在專心做分門別類的工作時，你居然做了這種東西出來玩喔？」

「什麼叫做這種東西！這可以變形合體，而且還是我注重視覺效果打造出來的精心傑作！你知道要重現到這種程度有多辛苦嗎！」

然後亞特的機器人課程就這樣開始了。

雖然程度沒有那麼誇張，但他基本上跟大叔一樣，是個徹頭徹尾的阿宅。

第十一話　大叔訂下婚約

腳步聲迴盪在陰暗的走廊上。
窗戶全部被窗簾遮掩，為的就是不要讓人從外面看清楚內部的狀況。
在這片黑暗中前進的，是身為勇者的「笹木大地」。
當他走到迴廊的某個房間前，他停下腳步，用力踹開了門。
「喂～噁心阿宅在嗎？我有事找你。」
這間房裡的模樣簡直就像是組裝工廠，由好幾個人分別做著內容不同的工作。眾人被突然來訪的人嚇到，目光都集中在大地身上。
其中一個略胖的青年向大地搭話。
他正是「佐佐木學（通稱阿佐）」——在開發小組進行武器開發的生產職勇者。
「你、你有何貴幹。這裡面有火藥，可以請你用平常的方式進門嗎。」
「那不重要，比起這個，你快點做一門大砲出來啦，現在立刻做出來。」
「就算你這樣說我也辦不到啊。我現在正在試驗調查青銅的強度，就連量產的可能性都還沒個譜。而且只靠我們是趕不上的，希望你能再多找點人手來啊。」
「沒時間了。如果不給八坂那傢伙大砲，我也會被派去擊退那條龍，你想點辦法啊。開發武器不就是噁心阿宅你的工作嗎。」

「龍？」

大地把現在正在各地鬧事的龍的事情隨便告訴了阿佐。

他雖然有參加會議，不過基本上都沒在聽，報告也只是瞄過去，只記住了片段的內容，所以他只能直接了當地說『我們要打倒龍，做一門大砲出來』，但對於要負責打造的阿佐而言，感覺就像是麻煩突然找上門一樣令人提不起幹勁。

真要說起來，要打造一門大砲並不像口頭說說這麼簡單。

所以他得出的結論就是一句話，「辦不到」。

「噁心阿宅，我叫你做你就做！」

「鑄造技術明明還不成熟，在這種狀況下造不出大砲啦。怎麼可能做得到。」

「不能用你的技能『製鍊加工』想想辦法嗎？你不是不僅可以用『製鍊抽出』提煉金屬，還可以用『合金化』和『加工』這種作弊技能嗎？」

「加工需要龐大的魔力啊，人數不夠是做不來的，而且材料也不夠。銅、錫、鉛……即使能湊齊材料，但要問我能不能做出一門像樣的大砲，我也沒有自信。要是大砲爆炸，只會引發慘案啊。」

「沒用的傢伙！唉～隔壁的弱小國家連突擊步槍都開發出來了說……」

「咦？」

這對阿佐而言是他並不想聽到的情報。

雖然他基本上是個阿宅，但本質與「八坂學」類似。

他認為技術發展才是促使國家強大的關鍵，所以正在進行可以重現原本世界技術的研究。雖然還不到實用階段，但他也已經完成了蒸汽引擎的雛形。

所以他才會瞬間理解到這項情報有多危險。

「等一下，大地……你剛剛說了什麼？突擊步槍？隔壁的小國該不會是指索利斯提亞魔法王國吧？」

「應該是吧？八坂那傢伙提出的報告裡面有提到……」

「這個國家……完蛋了啦。西邊有個大國，東邊有強得誇張的民族國家，東北面臨山岳國家，北邊則是獸人族，南邊還有魔法國家……敵人太多了。尤其是南邊，超危險的。」

「啥？你在說什麼？以國家觀點來看這裡可是個大國喔，兵力也很充足啊。」

「我們這裡不僅缺乏指揮官，神聖魔法也不適合用來攻擊。相較之下，索利斯提亞可以使用攻擊魔法，如果再加上槍械技術，那我們就真的沒轍了，戰爭只會變成單方面的屠殺。即使坐擁幾位能作戰的勇者，但要是國家早一步滅亡，也就沒意義了。」

「我們不是有火繩槍嗎，數量就是力量吧？」

「我們開一槍，對面可以開幾千槍啊。而且只要利用魔法，甚至不需要用上火藥。」

阿佐貼心仔細地向無法理解狀況的大地做說明。

阿佐說明的內容跟「八坂學」的擔憂一樣，在理解到目前的狀況有多麼危急之後，大地臉色瞬間發青。

因為戰爭已經不再是騎士與騎士之間的戰鬥，而是騎士VS現代兵器。就算大地再強，被狙擊步槍瞄準也是躲不開的。

勇者將會失去他們的存在意義。

「——事情就是這樣，一旦開戰，我們肯定會輸。」

「……真的假的～那不就更需要大砲了嗎？」

「如果是這樣，對面也會準備大砲吧，而且他們恐怕在短時間內就可以製造出來……從可以用魔法代替火藥擊發砲彈這點來看，大砲的威脅性可是會大幅上升啊。」

「又、又不一定會發生國家之間的戰爭，現在先想想該怎麼打倒那條龍吧……你應該可以準備出大砲的試做品吧？」

「很難。有爆炸危險是一個問題，更重要的是我不知道大砲對龍有沒有用啊。更何況龍要是從空中噴火的話，反而會造成我方損傷的。」

「那玩意兒不能設置在城牆上嗎？」

「不可能啦，因為必須把火藥桶放在附近，從空中可是一目了然喔。龍要是知道這個東西很危險，一定會優先攻擊大砲的。」

製造大砲還處於實驗階段，而且因為有爆炸的風險在，必須考量到對周圍的損害。再加上還有龍一旦飛向天空，就無法確實瞄準目標的缺點在。

在戰爭中，被對手搶下制空權等於被搶走生殺與奪的權利。

「我是覺得在極近距離下開一砲應該會有效，雖然不知道對龍到底有沒有用就是了。」

「這就交給八坂了，要面對龍的是他，跟我無關。」

「阿八也很辛苦呢。」

「總之你幫我弄出足夠的大砲來，這可是命令喔！」

阿佐不禁同情起被丟了難搞事情要處理的朋友。

從這天起他們停止量產火繩槍，改為著手開發大砲的試做品。

大砲對龍——賈巴沃克究竟有沒有用，只能在戰場上見真章了。

◇◇◇◇◇◇

在桑特魯城中央大道上營業的珠寶店，「陽光珠寶」。

以販賣貴金屬的店家來說，這是一家相當老字號的店鋪，再加上魔石也被視為是一種寶石，所以這家店鋪也有在販售魔導具，常有收入優渥的傭兵會來光顧。

對於只能勉強賺到生活費的嘉內來說，這家店的大門有如城門一樣紮實，儘管她很感興趣，至今卻從未踏入店裡過。

在傑羅斯看來，這只是一間普通店面，對嘉內來說卻充滿了貴婦的氣息，令她不禁有些怯懦。

雖然是無關緊要的事，貝拉朵娜的魔導具店正好也在這附近，卻跟這家店不同，門可羅雀。

傑羅斯也很久沒去貝拉朵娜的魔導具店了，原本夢幻的店家外觀已經變成無比寂寥，甚至聚集了一群烏鴉。

說它是鬼屋還比較貼切。

『那家店應該沒救了吧。』

傑羅斯在心底嘀咕著這事到如今也無須再提的話，路賽莉絲和嘉內則是在一旁起了爭執。

「真、真的要進去嗎？」

「嘉內之前不也說很想來這裡嗎？」

「是這樣沒錯，可是魔導具很貴啊。雖然我對小飾品也很有興趣啦。」

「那進去看看又不會少一塊肉。」

「像我這種窮鬼需要做好覺悟才敢進去啦。」

「妳為什麼要這樣貶低自己？」

雖然用魔導具當作藉口，不過嘉內其實是對飾品有興趣吧。

即便如此，嘉內一來到店門口就想逃跑的反應，還是讓傑羅斯不禁覺得她實在膽小過頭了。

只是走進店家卻要做好覺悟，實在太誇張了。

「如果是魔導具，只要備好材料我也可以製作啊～就是，那個……恰到好處的危險物品。」

『『僅限危險物品嗎？』』

對傑羅斯而言，貴金屬只是素材，他無法理解其他人就算得付出高額費用，還是想要購買的心情。

不過他的價值觀本來就跟一般人不太一樣。

即使在地球上，他也從一開始就抱持這樣的看法，來到異世界之後，這種偏差的價值觀也在不知不覺間愈歪愈嚴重，導致他對這些東西連一點興趣都沒有。

造魔導式四輪汽車，讓它可以開得更快，感覺有趣多了。』

反過來說，這表示大叔興致來了就能大量生產，但幸好他完全沒打算要製作量產型商品，或是量產性能誇張到不行的魔導具，只要做一個出來他就滿足了。

不過就連他要不要這樣做，也純看他心情而定，其實還是有一點可怕……

如果傑羅斯讓量產型商品流入市面，治安將會瞬間惡化吧。危險程度不下於人人擁槍的社會。

「原來魔導具這麼昂貴啊……實在不是嘉內買得起的價位呢。」

「蒐集素材的人事費用、在魔石或魔晶石上刻劃術式的加工費用，再加上支付給將這些東西打造成飾品的工匠報酬。當然貴吧，所以還是自己做比較划算喔。」

「嗚嗚……要是有這個可以造水的戒指，野營的時候就方便多了，可是好貴。」

『雖然這比買攻擊魔法卷軸便宜，可是買這種有使用次數限制的東西，感覺就好像把錢丟到水裡一樣啊～換成是我就會去買魔法卷軸。反正只要努力一下就買得起了。』

魔法雖然有可能會因為使用者的技術而發揮出強大的效力，可是使用次數也受限於使用者。魔導具則是能相對穩定的發揮效力，不過威力會因為刻上的魔導術式水準而改變，也有使用次數上的限制。

兩者各有其優缺點。

只是依賴魔導具實在太花錢了。以傑羅斯的角度來看，魔導具的價值沒有高到讓嘉內像這樣看到眼睛都變了色的程度。

不過她這種覺得「要是有會很方便」的反應，才是一般人對魔導具的看法。

「……如果我說比起用魔導具，學會怎麼使用魔法還比較快，是不是太不識趣了啊？」

「是很不識趣，魔導具的魅力就在於可以輕鬆獲得魔法的效果啊。」

「而且就算學會了魔法，也得花一段時間習慣才行。會用跟能活用是兩回事，而且還會受到個人資質與能力影響啊～」

「以嘉內的角度來看，兩邊都是昂貴的東西呢。」

「這話妳就別說了。」

無論是魔導具還是魔法卷軸，結果都得花錢買，遺憾的是嘉內只知道自己都買不起。

三人原本只是想輕鬆地來看看有些什麼商品的，反而讓嘉內因為荷包的問題而煩惱起來，她現在仍在魔導具展示櫃前盯著標價煩惱著。

「只要給我材料，我可以幫妳做啊～」

「可是訂做不是很貴嗎？」

「說穿了，妳如果只是要跟店面賣的商品有同樣性能的東西，我三兩下就能做出來了，也不會收妳多少錢喔。」

「但那可是魔導具耶？收費太便宜也是個問題吧……」

「我又沒打算量產，應該無所謂吧？」

既然魔導具是可以顯而易見地發揮效果的道具，無論傑羅斯用多優惠的價格計算售價，嘉內還是會付給他合乎行情的金額吧。

創造出這些價值觀的，正是珠寶店這些販賣飾品的店家，以及崇尚魔法的魔導士們。雖然傑羅斯並未包含在內——

實際上要量產還是得花時間製作，所以不定個合理的價錢就會虧本。

隨隨便便就能做出一大堆的傑羅斯比較奇怪。

「你當初幫嘉內打造劍的時候，她後來也還是有付錢給你呢。」

「我當時是拒收了啦。那個只是我在玩魔導鍊成的時候順便做出來的啊～……」

嘉內使用的大劍是傑羅斯用魔導鍊成打造出來的。

由於那把劍的性能也十分優秀，嘉內可能也覺得她一直用免錢的不好吧，後來曾發生過一段嘉內事後想要補付錢給大叔，大叔卻用一句「這只是我做好玩的東西」為由拒收，不為人知的小插曲。不過這也不是什麼重要的事。

重要的點在於那把大劍在分類上確實算是魔導具。

「那東西沒有這麼了不起啊。」

「是傑羅斯先生你的認知太奇怪了。」

「就只是可以發射火球而已啊……」

「你所謂的『就只是』正是問題所在。你看這裡賣的魔導具不都很貴嗎？」

「明明只要覺得自己真走運～老實收下就好了，她也還真是守規矩耶。」

「這就表示魔法或魔導具就是具有那樣的價值啊。我實在不懂，為什麼傑羅斯先生就是不能理解呢……」

這個世界的人們和傑羅斯之間有著巨大的價值觀差距。

傑羅斯做好玩的魔導具在一般人看來，可是會讓人嚇得不敢收下，卻因為雙方的價值觀落差太大，導致傑羅斯無法理解。

傑羅斯覺得「這個可能有點危險喔～」的東西，對這個世界的居民來說已經屬於必須交由國家嚴格控管的層級了。

「啊～……還是不買了，現在的我買不起。」

「畢竟關係到生活。不可以勉強自己亂買啊。」

「不然我做給妳吧？設計上因為我看過這裡的商品，已經大致記住了，只要給我材料我就可以幫妳做喔？」

「還是不要吧，對心臟不好……」

「為什麼啊？」

就算準備好材料，大叔做出來的魔導具性能也比市售品好。

要是讓其他傭兵知道她手上有這種東西，嘉內很有可能會被圖謀不軌的傢伙給盯上。

更何況嘉內是女性，對罪犯來說是理想的目標，會提高風險的東西還是愈少愈好。

「不然買戒指吧？我可以送給兩位當禮物喔……」

「「不用！」」

「為什麼啊？」

傑羅斯其實暗中盤算要在這裡正式買下訂婚戒指。

然而遭到兩人異口同聲的拒絕，讓他有點失落。

至於兩位女性同胞則是……

『戒、戒指應該……是指訂婚戒指吧？怎麼這麼突然……啊，不過他之前就求婚過了，我好像也沒有理由拒絕……』

『等、等一下……戒指是指那回事嗎？他是想在這裡先正式訂婚，解決基本問題，然後再、再直接順勢步入禮堂嗎？不是，太快了吧！怎麼這樣……我還沒做好心理準備……』

路賽莉絲雖然一口回絕，但仔細想想之後又覺得收下訂婚戒指也沒什麼不行的。嘉內則是明明處在戀愛症候群已經發作，無路可退的情況下，仍在做垂死掙扎。

不過就算兩人心裡想的事情正好相反，臉上卻都帶著其實有點高興的表情。

沒漏看她們反應的大叔立刻採取行動。

「Hey店員，我們要三枚訂婚戒指，please。please，me！並不需要華美的裝飾Yo！低調的祕銀戒指就好了喔。」

「「等等，祕銀？」」

「歡迎光臨，您需要的是三枚祕銀製的婚戒嗎？我、我明白了，明白！老闆，客人要點三枚訂婚戒指喔～！」

「「這裡又不是餐廳！」」

在傑羅斯和嘉內開口吐槽的瞬間，店內關上了燈，唯一留下的一盞燈光，就像鎂光燈那樣，聚焦在展示櫃後方的員工專用出入口前。

一位充滿成熟韻味的中年紳士有如主角般站在那兒，手中端著一塊放有各種尺寸婚戒的托盤，踩著安靜腳步的他卻突然開了口。

「從交手過的那天開始，也正是戀愛的花朵綻放之時。素未謀面的你和我彼此吸引、沉醉、心意相通，墜入愛河。」

『『來、來了個怪老闆……』』

『不是，交手後才綻放的戀愛花朵是什麼啊……』

老闆無視不禁倒退三步的三人，繼續說道。

「三人成婚嗎？重婚嗎？你與我一同夢想著的閃耀舞台。」

『『『該不會得聽他全部說完吧？』』』

「沉溺於愛情之中，無法回頭的愛戀。燃燒、狂亂、在意對方，數度淚濕枕頭之後，才發現身處在沒有出口的泥沼之中。我……恨你。」

『『『咦？好、好像……有點奇怪？』』』

內容變得詭異起來。

「每天看著等待的對象不會來的門，扭曲的心意染濕床單。面對重重下沉的愛情，淤積的心意化為腐爛的泥水。多麼地醜陋啊。」

『『『………………』』』

「我的人生只有被高高在上的命運玩弄一途。今晚我也會磨亮小刀。那麼請選擇吧，這是訂婚戒指！」

「「「誰選得了啦！」」」

「咦？」

老闆驚呼出聲。

雖然老闆那個有如演歌歌手將要接著開唱的開場白就夠讓人敬謝不敏了，不過那內容更是糟透了。

他根本沒有打算祝福即將結婚的新人，不如說是下了詛咒。

「剛剛那些開場白是怎樣啦！」

「聽起來不就是最後分手了嗎，而且還是以最慘烈的形式！」

「話雖如此，但客人啊，人生不就是這麼回事嗎？」

「那是……您本人的經驗談嗎？」

「…………」

大叔似乎是一腳踩進老闆心中不容他人踏入的場所了。

老闆的臉上失去了情感，才看他露出了充滿憎恨的殘酷笑容，又馬上聽到他壓低聲音「咯咯咯……」地笑了。

「您能理解嗎～？我太太……根本不要我的愛。知道這個事實之後～我就再也不相信人類了。」

「既然不要愛，那是要錢嗎？」

「呵呵呵……如果她要的是錢，那我還不會瘋掉呢。她想要的是快樂！她是個只為了滿足肉體慾望而活的女人啊啊啊啊啊啊！」

「「「……嗚哇～」」」

「如果她是被比我更有魅力的男人睡走，那我還能就此死心。但是她……那個女人不管帥哥還是醜男，只要胯下有那根，不管是誰都可以！即使是獸人也一樣啊！」

看來是他的結婚對象不好。

老闆從那之後就變得再也不信任女性，心靈在崩毀的狀態下持續發酵，精神病態到了相當危險的程度。

「所以啊～我才想要讓大家知道～♪說穿了，愛只是幻想。尤其要告訴那些開口閉口什麼『永遠的誓言』、『命中注定的對象』，或是說什麼『我會一輩子珍惜妳』這種傻話，不知人間險惡的傢伙們！」

「「…………」」

老闆看向路賽莉絲和嘉內的目光有夠可怕。

根本是精神病患了。

「嗯，這方面我同意。」

「「？」」

大叔肯定了老闆的說法。

老闆突然露出了開心的笑容。

「您能理解嗎！」

「結婚算是一種契約。既然無法看透人心，彼此會想把自身的理想投射、強加在對方身上也是無可奈何的事吧。老闆您太希望夫人能符合你的理想了，才會沒看穿她的本質，又因為無法接受現實而一味抗拒。就只是這樣罷了。」

「……我無法否認呢。」

「每個人都能輕易締結契約。重點在於能遵守契約到什麼程度，不過人是憑恃感情與欲望而活，並且受其左右的生物。看到對方不同於理想的模樣，便會覺得自己遭到了背叛。您的夫人性慾極強，並非普通人。」

傑羅斯看著戒指，平靜地說道。

嘴裡似乎還嘀咕著「這祕銀純度不太夠吶」之類的話。

與其說他是在挑選訂婚戒指，感覺更像在品評素材，確實很像他會做的事。

「您、您是說……我在她身上追求了過多的理想嗎？」

「不，跟一般人差不多吧。老闆，您只是太專情了，所以受到的打擊才會這麼大吧？單純是您運氣不好，夫人正好是個比較特別的人。」

「特別……的確如此。然後您是說我很專情嗎？」

「是啊，反過來說，也表示您正是如此深愛著她。如果您的夫人是個普通人，現在兩位想必已經建立起幸福美滿的家庭了吧。」

「普通……說得也是。正因為有生以來第一次這麼愛一個人，我才會變得如此扭曲……我竟然現在才察覺這點，哈哈哈……真是浪費了人生呢。」

「今後還有的是時間，您不如下定決心，去相親如何？現在去絕對還來得及。」

「這！您、您說什麼……」

一股電流竄過老闆的背脊。

說起來造成這一切的原因都是妻子的特殊癖好，讓過於專情的他失控地放棄了人生。要是當初他速速甩開過去，現在或許早就建立起幸福的家庭了。

照一般看法，走上另一條人生之路有意義多了。

老闆卻直到現在才察覺到如此理所當然的事情。

「我並不覺得這有什麼好奇怪喔？您不需要一輩子困在擁有特殊癖好的夫人回憶之中。可以從現在開始，盡情地去抓住屬於您的幸福啊。」

「相親……我為什麼沒想到這一點。現在再去掌握幸福也還不遲嗎？好，我要展開新的人生！」

「話說這個訂婚戒指啊。畢竟價錢也很親民，我想說就乾脆買下來好了……三人份。」

「多謝惠顧！為了答謝您讓我發現重要的事，就給您打個七折吧，今後還請多光臨本店！」

『老闆啊，你也變太多了吧，真好騙……』

先順著老闆的話，認同他，再能言善道地加以勸誡。

傑羅斯並不是想說服老闆，也不是想讓他振作起來，只是覺得麻煩才先認同他，接下來再轉移焦點而已。

相對的，老闆應該一直希望有人能聽他訴說心中這鬱悶又扭曲的想法，並且認同自己吧。

結果大叔彷彿成了超渡惡靈的靈媒法師。

雖說讓人拿出幹勁是主管的工作，不過傑羅斯的行為根本就是詐欺。「虐待狂主任」這個綽號可不是浪得虛名。

「我們要量一下戒圍，請兩位也到這邊來。」

「咦？好、好的。」

「等一下……竟然要買戒指。」

「就是要買訂婚戒指啊，有問題嗎？」

「為、為為、為什麼現在就要買了！」

當然是因為在現場冒出了「直接訂婚也無所謂吧？」的想法。

而且傑羅斯他們已經罹患了戀愛症候群這種怪病，再這樣下去將會可恥地當眾大聲告白。為了避免這種情況發生，他必須強行讓彼此之間的關係有所進展。

他們已經沒有時間磨蹭了。

「沒有人這樣突然就訂婚的吧！」

「也沒有突然吧，之前不就已經知道了。嘉內小姐，妳也差不多該認命了吧，路賽莉絲小姐已經在挑戒指了喔？」

「咦？」

路賽莉絲已經試了好幾款戒指。

可能是找到了剛剛好的尺寸吧，她看起來非常開心。

「妳看？」

「看什麼看啦！你這不是根本無視我的心情嗎！」

「我已經可以想見那種病發作之後，嘉內小姐在眾人面前大聲告白，事後才懊悔不已的身影了。所以就算作法有些蠻橫，我還是要跟妳訂婚，抱歉啦。」

「我、我不要啊啊啊啊啊啊啊！」

不知是否因為要訂婚而害羞起來，只見嘉內拔腿就跑。

可是大叔瞬間抓住她的手，並利用移動重心的體術，以有如要摟住嘉內的方式將她拉向了自己。

「嘿咻。我不這麼做，嘉內小姐就會一直逃避啊。當然，在各種意義上，我都不打算放妳走就是了。」

「…………嗚。」

嘉內的臉瞬間紅了起來。

現在的她被傑羅斯摟在懷裡，這是她第一次在這麼近的距離下看著除了父親以外的異性臉龐，再加上戀愛症候群衝動帶來的影響，讓她覺得大叔的臉帥上了七成，心臟更是一陣狂跳。

她的眼前甚至出現了周圍開滿花朵的幻覺，即使想轉移注意力，還是會意識到大叔。

更重要的是，大叔是認真的想跟她訂婚。

寫作認真，讀作真心。

……大叔也是因為害怕失控而拚了老命。

看著表情不像平常那樣有氣無力，一本正經的傑羅斯，嘉內徹底的體認到心中有個受他吸引，無法抗拒的自己存在。

即使想否認，她的本能還是無可救藥地渴望著大叔，「就這樣順著自己的心意走不也很好嗎？」的情緒滿溢而出，即使理性感到危險，想要抗拒，仍無法停止。

就因為這股衝動是在本人無自覺的情況下發動的才可怕。

這就是戀愛症候群的恐怖之處。

「嘉內小姐……雖然是下意識地展現出本能，但我有正式向妳求婚過了吧？妳不覺得自己這樣一直逃避，反而很卑鄙嗎？」

「是、是這樣……沒錯，可是我也不想順著這種怪病就結婚……」

「這點我也認同，但妳也知道自己不可能一輩子逃避下去吧？現在請告訴我妳的答案。」

「怎、怎麼在這種地方問我……你這樣做才卑鄙。」

「請妳死心吧，我不會放妳走的……妳願意跟我訂婚吧？」

「啊唔！我………願意。」

不知道是嘉內死了心，還是她單純就是好騙，或是順從自己內心的衝動脫口而出，抑或是輸給了大叔的步步進逼，再不然就是被帥上七成的效果給打動了……

總之嘉內放棄了無謂的抵抗，乖乖地去挑戒指了。

在後面看著這一切的路賽莉絲也小小喊了聲「好耶！」擺出了勝利姿勢。

傑羅斯和嘉內不知道，這時候路賽莉絲已經在盤算著什麼時候要去登記了。

傑羅斯也選好了自己的戒指，付了三枚戒指的錢。

「祝三位幸福美滿～～～」

他們在所有店員拍手祝賀，以及老闆的祝福話語下走出了店裡。

這一天，傑羅斯他們三個就這樣趕鴨子上架地訂下了婚約。

三人的手指上都戴著閃耀著銀色光輝的戒指。

短篇　伊莉絲試著一人行動

傭兵大致上可以分為幾種。

與志同道合的人組成小團隊，有計畫性地去狩獵或完成委託的類型。

跟朋友等特定對象組成小隊完成委託的類型。

還有不和他人來往，單獨完成委託的類型。

伊莉絲這次因為嘉內和路賽莉絲要去跟大叔約會，便下定決心，試著單獨承接了委託。

雷娜則是從昨天開始就不見人影了。

『雷娜小姐的私生活真的很神祕耶，她現在到底在哪裡做什麼呢？』

伊莉絲雖然對隱私成謎的雷娜很感興趣，但就算問雷娜她也不會說，恐怕又是在哪裡對少年伸出毒手了吧。

至於伊莉絲接下的委託，內容是討伐在鄰近的農村周遭出沒的獸人。現階段遭目擊並確認到的獸人數量是三隻，是伊莉絲出馬可以輕鬆完成的任務。

這也是她展現出平日辛苦訓練成果的時候。

跟村長打過招呼後，伊莉絲立刻開始探查獸人的氣息。

「快點掩護我啦！」

「沒辦法啊～詠唱咒文需要時間嘛。」

「我們可是打倒了哥布林戰士耶，獸人這種玩意兒輕鬆就能搞定了啦。」

「我們說好要一起出名了吧！不能輸給這種程度的魔物！」

看來應該是新手傭兵吧。

他們似乎不清楚魔物的特性，那份只知道憑著氣勢行動的天真想法，讓他們投身於有勇無謀的戰鬥當中。

伊莉絲雖然知道這樣下去他們全都會被獸人殺死，但既然有傭兵間的潛規則存在，她就不能出手，只能在一旁乾瞪眼。

伊莉絲觀望了一會兒，只見獸人的強韌逐漸將少年們逼入了絕境。

「嗚哇！」

手持盾牌和短劍，負責扛下敵人攻擊的少年，被獸人憑恃強大臂力揮出的棍棒給橫掃出去，儘管他勉強用盾牌擋下了這一記攻擊，依然悽慘地被打飛，在地面上翻滾了好幾圈，狠狠撞上一旁的樹。

這就是不懂得秤秤自己的斤兩，因為年輕衝動行事而招致的後果。

『哎呀呀～……這下可不妙啊。』

這位少年恐怕是小隊的領袖人物，可是這下攻擊讓他徹底失去了意識。

剩下魔導士少女，以及手上持弓和大劍的兩名少年，但這三個人完全被獸人給嚇壞了。

傭兵當中，初出茅廬的新手跟實力稍微提昇了一點的傭兵最容易大意，死傷率特別的高。

他們想必是因為打倒了等級比自己高的敵人，得意忘形了吧。

「該怎麼辦……」

「這樣下去我們也會有危險啊。」

「我是很想逃走，可是又不能丟下湯米……」

想要拯救夥伴，就有兩個人得離開戰線，可是光靠剩下的一個人難以應付獸人。再說獸人也沒有遲鈍到會眼睜睜地看他們扛著暈倒的夥伴逃走。

畢竟獸人是種體型肥胖，動作卻意外敏捷的魔物。

在這種緊急狀況下，即使拋下夥伴也不會被問罪，可是他們無法鐵下心來，經驗少到連在這種情況下都無法做出決斷的程度。

愈想追求功名的傭兵愈短命。

『嗯，這時候見死不救，我心裡也會留下疙瘩，而且我原本就是來獵殺獸人的。』

伊莉絲從樹上跳了下來。

「喂，這個獸人是我的委託目標，我可以打倒牠嗎？」

「咦？」

「你們打不贏吧？既然這樣，我可以接手吧？」

「是、是可以……」

「對手可是獸人耶！我們四個人聯手都打不過喔？」

「嗯～……簡單啦。」

在伊莉絲跟新手傭兵們交談的過程中，獸人本來對新出現的敵人有些防備，但發現這個敵人的身高跟剛剛交手的敵人沒什麼差別，便認為這敵人也不是什麼了不起的對手，攻了過來。

俗話說大意失荊州，對獸人來說，不幸的就是伊莉絲的實力遠勝過少年們。

「嘿咿咻！」

伊莉絲發出了奇怪的呼喊聲，同時衝進獸人懷裡，用手掌的掌根對著獸人的腹部就是一擊，再趁獸人因吃痛而彎下身體時迅速地補上一記上鉤拳。

接著又抓準獸人由於腦震盪失去平衡，腳步踉蹌的時候使出迴旋踢。

獸人猛力飛了出去。

伊莉絲緩緩走向暈厥倒地的獸人，一副想減輕牠的痛苦，早點送牠上路的樣子，毫不遲疑地將小刀刺入了獸人的頭部。

「好耶！這樣就完成委託了。」

「好強……」

「妳是武鬥家？不對，格鬥家嗎？」

「都不是，我只是個普通的魔導士喔？」

「「「少騙人了！」」」

伊莉絲不斷向少年們解釋自己是魔導士，然而直到最後都沒能說服他們相信。

跟少年們道別之後，伊莉絲也因為自己變成了物理攻擊型魔導士而消沉了好一陣子，不過她還是重新振作起來，開始動手剝取要拿去當作討伐證據的素材。

然而事情走到這一步，卻又發生了新的問題。

「魔石、皮和牙這些就算了……要割罣丸回去是哪招啊……」

在討伐獸人所需的證據當中，包含了可以用來當作鍊金術素材的獸人罣丸。

不同於一般戰鬥的另一種戰鬥正等待伊莉絲。

國家圖書館出版品預行編目資料

賢者大叔的異世界生活日記/寿安清作 ; Demi譯. --
初版. -- 臺北市 : 臺灣角川股份有限公司, 2023.03-
冊 ; 公分. -- (Kadokawa fantastic novels)
譯自 : アラフォー賢者の異世界生活日記
ISBN 978-626-352-366-1(第15冊 : 平裝)

861.57 112000530

Kadokawa
Fantastic
Novels

賢者大叔的異世界生活日記 15

（原著名：アラフォー賢者の異世界生活日記 15）

2023年3月9日 初版第1刷發行

作　　者：寿安清
插　　畫：ジョンディー
譯　　者：Demi

發 行 人：岩崎剛人
總 編 輯：蔡佩芬
編　　輯：黎夢萍
美術設計：黃永漢
印　　務：李明修（主任）、張加恩（主任）、張凱棋

發 行 所：台灣角川股份有限公司
地　　址：104台北市中山區松江路223號3樓
電　　話：（02）2515-3000
傳　　真：（02）2515-0033
網　　址：www.kadokawa.com.tw
劃撥帳戶：台灣角川股份有限公司
劃撥帳號：19487412
法律顧問：有澤法律事務所
製　　版：巨茂科技印刷有限公司
ISBN：978-626-352-366-1
